BIBLIOTHÈQUE

RELIGIEUSE, MORALE ET CLASSIQUE

Publiée avec approbation

DE MONSEIGNEUR L'ÉVÊQUE DE LIMOGES

5ᵐᵉ SÉRIE IN-12.

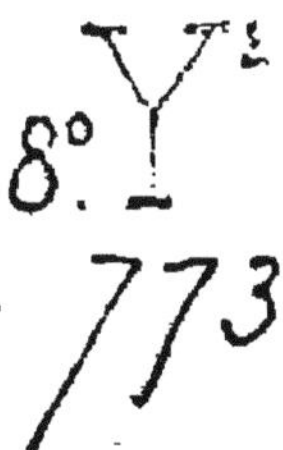

HISTOIRE

D'UNE

PETITE FILLE

QUI N'AIMAIT PAS COUDRE

PAR

Mme A. BALLOT

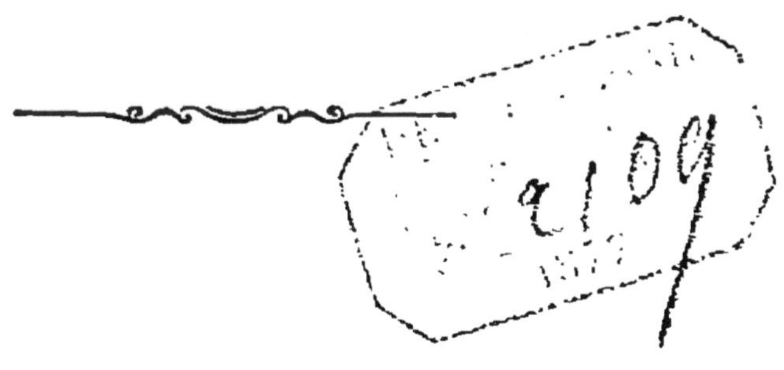

PARIS

LIBRAIRIE D'EDUCATION

GÉRANT : AMABLE RIGAUD, EDITEUR

33, Quai des Augustins, 33

HISTOIRE

D'UNE

PETITE FILLE

QUI N'AIMAIT PAS COUDRE.

———

— Je ne sais pas, maman, comment tu peux rester si longtemps tranquille à coudre; je suis horriblement fatiguée rien que pour avoir raccommodé cette paire de bas, disait Berthe Minoret, en pliant son ouvrage, pour le mettre dans une jolie petite corbeille d'osier, partagée en plusieurs compartiments destinés à recevoir, les uns le fil, les autres les boutons, le dé, les ciseaux, etc. Je crois que je mourrais d'ennui s'il me fallait toute la journée ourler des chemises ou repriser de vieux bas de coton.

— J'essaye de ne jamais me fatiguer de ce que je dois faire, ma chère fille, d'ailleurs, je n'ai plus ton âge et tes jeux ne m'amuseraient pas.

— Je sais bien, mère chérie, que tu ne peux ni jouer au volant, ni sauter à la corde, ni jouer à cache-cache ; mais tu peux lire, te promener, faire de la musique, rendre des visites, ce qui serait beaucoup plus agréable que de coudre.

— Cela est vrai, ma chère enfant, cependant on peut faire l'utile et l'agréable. Je lis, je ne néglige pas mes amis, et avant tout je tiens ma maison en ordre. Crois-tu qu'il me serait agréable de voir ton père avec un paletot sans boutons, tes frères avec des trous aux coudes et aux genoux, ou des bas sans talons ?

— Mais il y a des ouvrières qui peuvent faire ce travail tout aussi bien que toi; d'ailleurs, pour ma part, je ne comprends pas que l'on passe tant de temps pour ce qui concerne la toilette. J'aimerais bien mieux consacrer à mes études les heures qu'il me faut employer à raccommoder des choses qui sont si vite usées.

— Ma petite Berthe, il ne faut pas confondre l'ordre et la propreté avec la coquetterie. Je suis aussi disposée à blâmer les personnes qui ne s'occupent que de leur toilette que celles qui négligent l'entretien leurs vêtements.

— Certainement, maman, mais j'en reviens toujours à mon idée; pourquoi toi, qui es instruite, musicienne, peintre, ne laisses-tu pas complétement les travaux d'aiguille aux pauvres femmes qui sont heureuses de les trouver pour gagner leur vie Moi, je ne vois pas pourquoi je ferai, n'y étant pas forcée, une chose qui me déplaît;

je désirerais ne jamais voir ni fil ni aiguille, et si l'on me laissait faire à mon goût, plutôt que de coudre je préférerais aller en loques.

— Très-bien, ma fille, voici déjà plusieurs fois que nous causons de ce sujet, et je vois que rien de ce que j'ai dit jusqu'à présent sur l'utilité de la couture pour les femmes n'a pu te convaincre ; tu as besoin de l'apprendre à tes dépens ; eh bien, donne-moi ton fil, tes aiguilles, ton dé, tes ciseaux, ta corbeille à ouvrage et tout ce qui constitue ton petit bagage de couture, je vais les serrer et tu ne reverras ces objets que le jour où, *toi-même*, tu me les demanderas.

— Jusqu'à ce que je te les demande ? oh ! merci, maman, ce ne sera jamais. Mais cette proposition est-elle bien sérieuse ? Ne seras-tu pas fâchée contre moi si je l'accepte ?

— Ma fille, ma proposition est sérieuse, mais avant de me remercier écoute-moi jusqu'au bout. Depuis un an c'est toi qui te raccommodes et je ne m'occupe plus de rien : si tu renonces à ce soin, je ne permettrai à personne de le remplir pour toi, et il te sera interdit de faire accidentellement aucune couture pour toi ni pour moi, à moins que tu ne me redemandes ton panier à ouvrage et que tu ne reprennes tes anciennes habitudes.

— Oh! dit Berthe joyeusement, ce ne sera pas de longtemps, chère maman ; ne plus coudre ! quel bonheur, j'y crois à peine. Mon Dieu, que je suis heureuse!

— C'est ce que nous verrons, dit sa mère au moment où Berthe, après lui avoir remis le panier à ouvrage, s'élançait sur l'escalier pour faire part de l'heureuse nouvelle à son frère Jules.

— Songe donc, lui disait-elle, comme je vais avoir du temps à moi à présent que

je suis délivrée de cette odieuse couture;
je vais travailler avec ardeur à mon jardin
et il sera bientôt en aussi bon état que le
tien; je vais planter des fraisiers; je te rat-
traperai pour le latin, et je prierai papa
de me laisser commencer le grec. Mon Dieu
que je suis contente !

— Oui, c'est vraiment heureux, répondit Jules, qui avait un aussi grand dédain
que sa sœur pour tous les travaux féminins;
je suis content que tu aies gagné ton procès; veux-tu m'aider à planter les bordures
de mon jardin, je t'aiderai à planter les
tiennes.

Berthe y consentit; les deux enfants se
mirent à l'œuvre, et cette journée parut
charmante à la petite fille.

Quoique Berthe n'aimât pas coudre, sa
mère l'y avait tellement habituée que ses
vêtements étaient dans un ordre parfait;
vous eussiez cherché vainement une robe à

laquelle il manquât une agrafe ou un bouton; ses bas bien reprisés étaient soigneusement rangés dans le tiroir de sa commode: elle était fort obéissante et s'était toujours soumise aux conseils de sa mère qui lui avait souvent dit que le soin et la propreté étaient deux vertus essentielles à la femme.

Malheureusement pour le nouvel arrangement qu'elle prenait, Berthe avait peu d'effets, elle grandissait beaucoup et sa mère préférait lui renouveler souvent sa garde-robe, afin que l'enfant ne fût pas ridicule avec des robes qui lui seraient venues au genou.

Au moment où commence notre histoire, on entrait dans l'été, M. et Mme Minoret venaient de faire l'acquisition d'une maison de campagne et d'y conduire leurs enfants.

Ceux-ci, joyeux de la nouveauté, parcoururent le jardin en tout sens, s'extasiant sur tout ce qu'ils voyaient; pourtant, après avoir parcouru toutes les allées, ils revinrent du côté de la maison, désireux de se reposer par quelques heures de leurs études habituelles.

Jules et Berthe étaient deux enfants remarquables par leur intelligence et leur mémoire, et comme Jules n'était l'aîné que d'un an, Berthe pouvait suivre les mêmes travaux. Les deux enfants étaient toujours ensemble pour leurs leçons comme pour leurs jeux, le temps consacré à la couture était le seul pendant lequel ils fussent séparés; c'était une des grandes raisons qui leur avait fait prendre en grippe ce malheureux travail à l'aiguille. Pendant que Berthe causait près de sa mère, Jules prenait sa leçon de grec. A partir de la grande décision, ils ne se quittèrent plus. Ils travaillaient dans leur petit jardin une heure avant et une heure après leur déjeuner, le reste de la matinée ils le passaient dans la bibliothèque de leur père qui faisait son unique occupation de leur éducation, et qui n'était jamais plus heureux que lorsqu'il les enseignait.

Ils étaient studieux, attentifs et travaillaient avec ardeur même lorsqu'ils n'étaient pas sous les yeux de leurs parents, aussi étaient-ils fort aimés.

L'été se passa en divertissements de toutes natures : jardinage, chasse aux papillons, herborisation, pêche dans les étangs, visite chez les amis du voisinage ; Berthe avait complètement oublié qu'il existât du fil et des aiguilles.

Ses effets s'en apercevaient hélas, ses bas étaient criblés de larges trous : cela inquiétait peu l'enfant qui se disait que ses chaussures les cachaient. Ses robes aussi avaient été fortement endommagées par ses courses dans les bois ; quelques points eussent pu réparer le dommage au début, mais comme Berthe n'avait pu le faire, les déchirures s'agrandissaient à vue d'œil ; c'était surtout au retour du blanchissage que les pauvres robes avaient une triste figure, elle les attachait avec des épingles le mieux qu'elle pouvait et s'imaginait que personne ne s'en apercevait. Son père et sa mère ne lui faisaient aucune observation, ils voulaient qu'elle revînt d'elle-même sur sa folle résolution et qu'elle reconnût par sa propre expérience combien il est mauvais à une jeune fille d'abandonner complètement les travaux de son sexe pour ne s'occuper que d'études ; une femme doit être instruite, c'est vrai, mais il faut avant tout qu'elle soit capable de diriger un ménage dans tous ses détails.

Une petite fille peut naître d'une famille riche et ne connaître jamais la nécessité de tout faire par elle-même, que deviendra-t-elle si la fortune devient contraire, si la pauvreté vient la surprendre ? C'est ce que savait parfaitement Mme Minoret et ce qu'elle avait maintes fois dit à sa fille ; à cela Berthe lui répondait d'un ton mutin : — Mère chérie, il sera temps de me mettre à coudre quand nous serons dans la misère; elle ignorait qu'il faut avoir l'habitude du travail dès l'enfance, qu'on ne devient pas ouvrière du jour au lendemain.

Cependant la saison s'avançait, on était en octobre et bon nombre d'effets avaient déjà été mis de côté parce que les combinaisons d'épingles étaient devenues insuffisantes pour les faire tenir. Une seule robe, une robe de chambre était encore mettable.

Un lundi matin, vers le milieu d'octobre, Berthe était fort occupée avec la jardinière et sa petite fille à récolter les graines mûres, quand Jules accourut, hors d'haleine, pouvant à peine prononcer ces mots : — Berthe, Berthe, dépêche-toi, viens vite, voici mon oncle et ma tante Belin avec nos cousins et nos cousines; il y en a toute une voiturée; ils descendent, viens, viens vite.

Berthe abandonna promptement sa corbeille de graines, ne fit qu'un saut jusqu'au perron, mais hélas, son pied se prit dans l'ourlet de sa robe qui était décousu, et tout le lé de devant fut arraché. Berthe s'arrêta consternée. Que faire, elle n'avait pas d'autre robe et il lui était impossible de paraître avec celle-ci; elle monta rapidement à sa chambre, retourna tous ses effets; elle n'avait plus que deux robes de mousseline, encore l'une était-elle sale; elle se décida à mettre la plus propre des deux. C'était une robe beaucoup trop habillée pour la circonstance et surtout trop légère pour la saison. Cependant elle espéra qu'au milieu du tohu-bohu d'une arrivée son costume passerait inaperçu.

Ses cousins et ses cousines furent enchantés de la voir, ils revenaient d'un long voyage qui avait duré tout l'été, de sorte qu'ils n'avaient pas encore vu la nouvelle propriété de leur oncle, et les lettres que Jules et Berthe leur avaient écrites en leur en faisant de pompeuses descriptions, les rendaient impatients de tout visiter; ils partirent aussitôt après le déjeuner, parcoururent le verger, le potager, le jardin d'agrément, admirèrent la serre, la grotte, l'étang rempli de jolis poissons, enfin s'engagèrent dans le petit bois qui terminait le jardin et touchait au village quand ils s'aperçurent que le soleil baissait et qu'il devait être tard.

— J'ai peur que nous arrivions trop tard pour le dîner, dit Berthe, nous sommes loin de la maison, nous ferons bien de nous hâter, et de remettre à demain la récolte des mûres que nous voulions faire dans les buissons.

— Oh! certainement, reprit Jean, l'aîné des cousins, voici un gros nuage noir qui s'avance sur nous, je crois qu'il ne tardera pas à pleuvoir.

— Courons alors, continua la grande cousine Amélie en prenant le bras de Berthe, mais pourquoi, lui dit-elle, as-tu mis cette robe si légère? tu vas attraper froid; tu aurais dû mettre au moins un châle sur tes épaules, tu vas gagner un rhume.

— Il n'y a pas de danger, je ne suis pas frileuse.

— Berthe est devenue très-robuste depuis que nous habitons la campagne, ajouta Jules, elle est maintenant comme les filles de nos fermiers, elle ne craint ni le chaud ni le froid.

— Tant mieux, répondit Amélie; pour moi, je serais certaine d'être fort malade, si j'étais aussi peu vêtue dans cette saison changeante, mais dépêchons-nous, je crois que Jean a raison et qu'il va pleuvoir.

En effet, bien que la bande enfantine se fût mise à courir de toutes ses forces, la pluie commença à tomber avant que les enfants eussent atteint la maison.

C'était à tort que Jules avait prétendu que Berthe n'attrapait jamais froid ; celle-ci avait été saisie par la pluie, peu couverte comme elle était. Toute transie, elle se mit au coin d'un bon feu qui heureusement était allumé dans la cheminée du salon ; elle ne put pourtant réussir à se réchauffer, elle grelottait encore en entrant dans son lit, et le lendemain matin, quand elle s'éveilla, elle avait si mal à la gorge qu'elle pouvait à peine se faire entendre et la fièvre était si forte que sa mère jugea prudent de lui faire garder le lit.

Berthe était presque contente de cet incident qui la dispensait de s'habiller ; sa robe de mousseline de la veille n'était pas sèche ; vous vous rappelez que sa robe de chambre avait été déchirée juste au moment où son frère était venu lui annoncer l'arrivée de ses cousins.

Ses petits parents passèrent donc la matinée près de son lit ; après le déjeuner, ils commencèrent à s'ennuyer et Jules qui s'en aperçut proposa d'aller au bois ramasser des châtaignes.

Au mot châtaigne les yeux de Berthe brillèrent ; elle eût souhaité se lever, car toute l'année elle s'était fait un plaisir d'aller recueillir ces fruits dont elle avait suivi les progrès ; il n'y fallait pas songer ; sa mère n'eût pas consenti à ce qu'elle s'exposât de nouveau au froid et à l'humidité, manquant de vêtements convenables pour la saison.

Ses cousines ne désiraient pas moins qu'elle aller aux châtaignes, elles réprimèrent l'envie qu'elles en avaient et dirent à leurs frères : Allez-y seuls, nous ne pouvons laisser ainsi Berthe dans son lit, elle s'ennuierait bien trop.

— Oh ! non, reprit celle-ci, ne vous privez pas de cette distraction à cause de moi, partez toujours, j'irai une autre fois.

— Oui, mais pas avec nous?

— Non sans doute; mais puisqu'il n'y a pas moyen de faire cette partie ensemble, amusez-vous tout de même; d'ailleurs je ne m'ennuierai pas, je regarderai tous les jolis cadeaux que vous m'avez apportés.

Les enfants qui ne demandaient pas mieux que d'être convaincus, partirent en promettant à Berthe de lui rapporter sa part de châtaignes.

Celle-ci resta donc au lit, sa mère et sa tante s'assirent près d'elle, son père et son oncle vinrent la voir. Malgré toutes leurs prévenances, le temps lui parut long, et ce fut avec joie qu'elle entendit vers trois heures de l'après-midi des cris et des piétinements qui lui annonçaient le retour des enfants.

Ils entrèrent bruyamment dans la chambre, les yeux flamboyants, la mine éveillée, parlant tous à la fois, enfin dans un tel état d'animation que pendant quelques instants on ne put distinguer que les exclamations suivantes : — Oh! Berthe! Si tu savais, chère cousine! Quel malheur que tu ne sois pas venue avec nous! Nous sommes-nous amusés! Quelle bonne partie! Quelle bonne chance nous avons eue!

— Qu'est-ce qu'il y a? parlez donc! Que vous est-il arrivé? qu'est-ce qui a pu vous mettre dans ce délire? demanda Berthe.

— Je vais te le dire, reprit Louise avec empressement, si les autres veulent me laisser parler. En te quittant nous sommes allés près de la petite montagne où sont les plus beaux arbres.

— Oui, oui, je sais tout cela, mais qu'y avez-vous trouvé? le grand serpent de mer? le dragon de feu?

— Que tu es folle, laisse-moi donc parler ; nous tournions tout autour des arbres, Jules et Jean abattaient les fruits parce qu'ils sont plus grands que nous, et Amélie et moi...

— Vous les ramassiez aussi vite que vous pouviez, dit Jean.

Louise lui tourna le dos et continua :

— Les châtaignes étaient magnifiques ; je n'en vis jamais d'aussi grosses. Tout en les ramassant, je pensais que ce serait bien long à éplucher, quand, tout d'un coup, un gros chien sortit des buissons, et courut sur nous en aboyant si fort que je me mis à crier et à me sauver à toutes jambes. Amélie en faisait autant, mais Jules et Jean riaient tant qu'ils pouvaient en se moquant de nous.

— Et il y avait bien de quoi, le chien était plus effrayé que vous deux ; il n'avait qu'une idée, c'était de rejoindre son maître.

— Son maître ! Quel était son maître ? demanda Berthe.

— Je vais te le dire, cousine. Louise avait si peur qu'elle ne voyait rien ; moi je voyais deux messieurs qui se promenaient dans le bois ; je me doutais bien que le chien devait leur appartenir et qu'il ne nous ferait aucun mal. Aux cris que poussait Amélie, ces messieurs accoururent et s'adressant à Louise, qui avait conservé plus de sang-froid, ils s'informèrent si le chien les avait mordues, et ayant su que non, ils firent mille excuses sur la maladresse de l'animal. Nous étions tous un peu honteux ; alors, pour nous mettre à l'aise, ces messieurs nous offrirent d'abattre les châtaignes des hautes branches que nous ne pouvions pas atteindre. Ce que nous acceptâmes. Au bout de quelque temps, voyant que nous commencions à être fatigués, ces messieurs nous proposèrent de nous emmener à leur habitation qui était peu éloignée, afin de nous y reposer. Nous refusâmes d'abord, mais ils insistèrent tellement que nous les suivîmes après les avoir beaucoup remerciés. Effectivement, après à peine un quart d'heure de marche, nous étions arrivés.

— Quelle belle propriété ! s'écria Amélie; on nous fit entrer dans le salon où étaient Mme d'Aunay, sa sœur et sa fille nommée Hélène. D'où viens que tu ne m'en as jamais parlé, Berthe? Hélène est la plus gentille petite fille que j'aie jamais vue.

— C'est que voici le premier été que nous passons ici, et la famille d'Aunay était en voyage quand nous nous sommes installés; je ne savais même pas qu'elle fût de retour.

— Ah! c'est vrai; je me rappelle maintenant qu'Hélène m'a dit tout cela; elle désire beaucoup faire connaissance avec toi, Berthe, et ses parents ont l'intention de venir prochainement rendre visite aux tiens. Vous aurez là d'agréables connaissances, car tu ne peux te faire l'idée combien toutes ces personnes sont aimables ; puis c'est un véritable plaisir de parcourir cette propriété ; je n'en ai jamais vu de plus jolie, de mieux entretenue ; je ne me lassais pas d'admirer avec quel goût sont choisis les ameublements, c'est l'élégance riche sans profusion ; les fenêtres sont entourées de plantes grimpantes, qui leur donnent un aspect charmant.

— Avec tout cela, vous ne me dites pas ce que vous avez vu de si extraordinaire, reprit Berthe avec quelque impatience.

— Attends donc un peu ; nous y voici. Après que nous nous fûmes reposés quelque temps, M. et Mme d'Aunay nous proposèrent d'aller visiter ensemble le salon de récréation de leur fille ; je fus un peu fâchée qu'on me crût encore assez enfant pour jouer avec des joujoux ; cependant craignant de paraître malhonnête si je refusais, j'acceptai ; toute la société vint avec nous. —

Marchez devant, allez, dit M. d'Aunay aux jeunes garçons qui allaient derrière tout honteux, quand vous verrez les jouets d'Hélène, vous en serez contents, j'en suis certain.

— Et nous l'avons été, je t'assure, maman, dit Jules, qui avait hâte de prendre la parole à son tour; nous avons d'abord traversé plusieurs vastes salons, dont les murs étaient couverts de magnifiques tableaux, puis la bibliothèque dans laquelle j'aurais bien voulu m'arrêter, car j'ai rarement vu une plus belle collection d'ouvrages. Nous arrivâmes enfin à la pièce en question, et ce qui me frappa tout d'abord, c'est qu'elle était de forme ronde, et que le jour venait d'en haut par un vitrage qui en formait le plafond. Au milieu de cette chambre, étaient des jeux de toutes sortes, tels que balançoire, raquette et volants, cordes à sauter, trictracs, échiquiers, jeux de l'oie, et bien d'autres choses qui ne me viennent pas à l'esprit en ce moment; tout cela n'était pas le plus merveilleux; ce que je n'avais jamais vu de ma vie, je le vis là ; toute la muraille n'était qu'une peinture immense divisée en cinq parties représentant chacune les sites, les villes les plus remarquables du monde entier, les costumes des habitants des différentes contrées, quelques scènes de mœurs, des animaux enfin, toutes choses fort intéressantes. J'en ai plus appris là dans un jour, qu'en toute une année dans ma géographie; il me semble maintenant que je me rends bien mieux compte des différences qui existent entre les races d'hommes et d'animaux et dans la végétation des différents climats.

Et les enfants, prenant tous la parole à la fois, se mirent à décrire ce qui les avait le plus frappés.

— Moi, dit l'un, c'est l'Amérique qui me plairait le plus; avez-vous vu ces sauvages faisant la chasse aux bisons? Et ces grands lacs, et la chute du Niagara, est-ce beau?

— Moi, disait Jean, j'étais bien aise de voir le Pérou et ses mines d'argent et ses Incas, dont l'histoire m'a tant intéressé ; avez-vous remarqué le temple du Soleil ?

— Dans la partie consacrée à l'Asie se trouvaient un grand nombre de types bizarres, continua Louise, entre autres des Japonais dans différentes occupations : un barbier m'a surtout amusée ; un autre personnage non moins bizarre était un danseur de corde siamois ; il avait des ongles d'une longueur telle que c'était pis que des griffes.

— Et le combat de taureaux en Espagne, c'est cela qui était vraiment curieux ! tous ces picadors avec leurs habits bariolés, ces estrades renfermant des dames espagnoles en grand costume, c'est cela qui était amusant ! dit Jean ; et les vendanges en Italie ; du reste, il faudrait tout citer, il aurait fallu une grande journée pour regarder tout cela à son aise ; si Amélie ne nous avait forcés à revenir, nous serions bien restés encore.

— Ah! quel malheur, Berthe, que tu ne sois pas venue avec nous!

Berthe regrettait bien amèrement cette partie manquée, elle si désireuse de s'instruire, si avide de connaissances, quelle belle occasion elle avait manquée, et tout cela pour un refroidissement. Mais ce malaise, d'où provenait-il? De ce qu'elle n'était pas assez couverte, et cela par sa propre faute. Si ses habits eussent été en bon état, cela ne serait pas arrivé; un instant elle eut l'idée de redemander à sa mère la fameuse corbeille à ouvrage; elle ne le fit pas pourtant réfléchissant que, pour le commencement de l'année, sa mère avait l'habitude de lui renouveler toute sa garde-robe, et que, se trouvant à la tête de vêtements neufs, elle pourrait encore se dispenser de coudre, pour quelque temps du moins; elle commençait à sentir les incon-

vénients du désordre ; cependant les épreu-
ves n'avaient pas été assez fortes, il lui
fallait encore quelques bonnes leçons.

— Mais que disais-tu donc avec Mme d'Aunay, dit Jules à sa grande cousine Amélie,
tu as à peine regardé le panorama, comme
se nomme cette peinture murale.

— J'écoutais l'histoire du peintre qui l'a
faite, répondit la jeune fille, elle est assez
touchante et donne aussi la mesure de la
bonté de la famille d'Aunay. Voici cette
histoire telle qu'on me l'a contée :

M. d'Aunay se promenait un soir sur les
bords d'un ruisseau qui longe sa propriété,
quand il remarqua un homme jeune encore, paraissant triste et souffrant, qui mar-
chait lentement. Il regardait attentivement
un dessin qu'il venait de terminer sur un
petit album. Tout à coup l'artiste chancela,
et il serait tombé dans le petit cours d'eau
qu'il s'apprêtait à franchir au moyen d'une

planche servant de pont, quand, heureusement, M. d'Aunay accourut assez à temps pour le retenir; cependant le jeune homme était si faible, qu'il lui fallut s'asseoir quelques instants avant de pouvoir se remettre en route; M. d'Aunay s'assit auprès de lui, entama la conversation en le priant de lui faire voir les esquisses que contenait son album, et enchanté du talent qu'elles révélaient, il pria le peintre de venir visiter sa galerie de peinture, lui demandant même s'il consentirait à faire quelques réparations à plusieurs tableaux qui s'étaient trouvés exposés à l'humidité.

Le jeune homme accepta avec empressement; on prit rendez-vous, et M. d'Aunay voulut reconduire son hôte futur, qui demeurait non loin de là, chez de braves paysans.

M. d'Aunay prit quelques renseignements sur le peintre, et il apprit que ce jeune homme était malade par excès de travail:

il avait tout fait pour obtenir au concours le grand prix de Rome, et ses efforts n'avaient pu être couronnés de succès ; il était orphelin, son mince patrimoine était épuisé ; nul n'était là pour le consoler de ses revers et relever son moral abattu, il tomba gravement malade ; heureusement sa vieille mère-nourrice avait eu connaissance de sa maladie, elle accourut près de son enfant, comme elle l'appelait, et l'emmena chez elle pour qu'il y passât sa convalescence.

Les bons soins, l'affection, le bon air, le soleil et l'espace, toutes choses dont il était depuis si longtemps privé et qu'il possédait maintenant, le guérirent ; mais il y avait la réalité terrible qui le tourmentait ; il n'avait plus de ressources. Que faire ! un artiste même de talent ne peut gagner que lorsqu'il possède un nom, une réputation ! Et que de temps pour y atteindre.

— Sa rencontre avec M. d'Aunay fut une

véritable bonne fortune ; il entreprit avec succès la restauration de plusieurs tableaux, et c'est alors que le père d'Hélène eut l'idée de lui faire peindre le panorama qui vous a tant intéressés.

Ce travail dura longtemps et fut très-productif pour le jeune peintre ; il lui permit de déployer son talent ; les nombreuses connaissances de M. d'Aunay eurent à cœur de l'employer, et comme il peint fort bien le portrait, il a pu, en peu de temps, se voir assez de travaux pour assurer son existence.

— Ce panorama est encore plus intéressant pour moi, dit Berthe, puisqu'il est dû à une belle action ; mais je ne serai pas toujours malade, et puisque la famille d'Aunay doit venir nous voir, nous lui rendrons naturellement sa visite, et bien certainement on me fera voir cette fameuse chambre aux jouets.

Cependant l'automne touchait à sa fin ; la famille Belin rentra à Paris parce que Jean était au collége, mais M. Minoret qui ne voulait pas y mettre encore son fils, décida de prolonger son séjour à la campagne.

Berthe attendait la fin de l'année avec anxiété, elle n'avait littéralement plus rien à mettre ; elle avait bien essayé ses robes d'hiver de l'an passé, il lui était impossible d'en mettre aucune tant elle avait grandi ; ses jupes lui venaient au genou, les manches aux coudes et ainsi de suite.

Elle avait, je vous assure, une singulière tournure, tous ses bas blancs étaient usés, elle ne pouvait plus en mettre que de couleur ; une robe de toile grise qui par sa rusticité avait seule résisté aux fréquents blanchissages, était son unique ressource ; elle la mettait par-dessus un jupon noir tout effiloché par le bas, et afin de se préserver du froid et aussi de cacher l'absence d'une partie des boutons du corsage, elle croisait sur ses épaules un fort joli petit châle de cachemire rouge.

Lorsque le matin elle se regardait dans la glace en se coiffant, elle était honteuse de se voir aussi négligée et regrettait le temps où, bien coiffée, bien habillée, elle descendait près de sa mère qui regardait si rien ne manquait à sa toilette et terminait son inspection par un bon baiser; aujourd'hui elle n'osait plus se faire voir à Mme Minoret; après l'avoir embrassée presque furtivement, elle courait se réfugier dans la bibliothèque et faisait part à son frère de ses ennuis à ce sujet et manifestait le désir de retourner à son fil et à ses aiguilles. Jules s'y opposait toujours. — Qu'est-ce que cela peut te faire d'être mal mise, disait-il, nous ne voyons personne dans cette saison avancée; tu es plus instruite qu'aucune des enfants de ton âge, n'est-ce pas là le principal ?

Cependant l'ennui s'emparait souvent de Berthe; depuis qu'il faisait mauvais, elle ne pouvait plus travailler à son jardin; elle avait beau bien aimer ses livres et son piano, il y avait pourtant des instants dans la journée où elle était aise de les quitter; c'était surtout lorsque son frère sortait seul avec son père que les journées lui paraissaient longues; elle eût bien été rejoindre sa mère, mais celle-ci, qui s'occupait constamment, ne pouvait supporter qu'on restât oisif auprès d'elle. Que faire donc? redemander la corbeille à ouvrage, c'est ce que Berthe aurait fait depuis longtemps sans l'intervention de son frère.

Un incident qui survint à peu près à cette époque la décida pourtant à se remettre aux travaux d'aiguille.

Un matin que Berthe était assise près de la fenêtre, fort occupée à apprendre ses leçons, elle entendit une voiture s'arrêter à la porte; il en descendit une dame et une petite fille à peu près de son âge; ces deux personnes lui étaient complètement inconnues.

Quelques instants après la bonne venait lui dire que sa mère l'appelait au salon.

— Quelles sont ces dames, Marie? demanda Berthe.

— Je ne sais pas, mademoiselle, mais elles sont fort élégantes, et demandent à vous voir; c'est pourquoi votre mère a dit que vous descendiez tout de suite.

— C'est impossible, Marie, je ne puis pas me présenter dans l'état où je suis; ma robe est toute déchirée, mes manches sont trop courtes, la jupe me vient à peine au genou quoique j'aie défait le pli ce matin; je ne peux pas descendre ainsi, voyez vous-même!

— C'est vrai, mademoiselle, cependant si vous voulez attendre une minute, je vais aller dans votre chambre et en peu de temps je vous arrangerai une robe convenable.

— Oh! non, répondit Berthe, maman m'a fait promettre que je ne ferai raccommoder mes effets par qui que ce soit, je ne veux pas lui désobéir.

— Mais, mademoiselle, je ne le dirai pas, et votre maman n'en saura rien.

— Oh! Marie, je ne voudrais pas tromper ma mère; descendez et dites-lui qu'il m'est impossible d'aller au salon.

La bonne quitta la chambre et Berthe se remit à ses livres plus triste et plus ennuyée que jamais.

— Eh bien, Berthe, lui dit sa mère lorsqu'on fut à table pour dîner, ton acharnement à tes livres t'a fait perdre une agréable visite, ma fille ; Mme d'Aunay et Hélène sont venues aujourd'hui, elles sont charmantes toutes deux et me plaisent beaucoup ; elles venaient inviter toi et ton frère à une soirée dansante qu'on donne chez elles demain soir.

— Demain soir ! un bal ! s'écrièrent les deux enfants joyeusement ! As-tu accepté, maman ?

— Oui, j'ai promis à Mme d'Aunay que vous iriez tous les deux ; elle enverra sa voiture vous prendre à 4 heures 1/2 ; n'oubliez pas d'être prêts.

— Oui, oui, nous serons prêts, mère ; sois sans crainte. Quel bonheur, je vais donc revoir cette maison si amusante !

La pauvre Berthe était dans un grand embarras ; la maudite question de toilette venait se mettre en travers du plaisir qu'elle comptait prendre ; un instant elle eut l'idée de se dire malade pour s'épargner le désagrément de paraître mal mise, surtout dans une maison où elle allait pour la première fois ; elle n'eut pas le courage de faire ce sacrifice. Une soirée dansante ! elle s'en promettait tant de plaisir ; puis on lui ferait certainement voir le panorama. Elle monta dans sa chambre, sortit toutes ses robes, et les examina.

Hélas, elles étaient toutes dans un état pitoyable ; elle arrêta pourtant son choix sur une robe blanche en mousseline brodée qui était fort jolie ; mais... (car il y avait toujours des mais) elle était un peu courte, et comme les agrafes étaient arrachées depuis longtemps et que Berthe les avait chaque fois remplacées par des épingles, la ceinture était toute déchirée, presque tout le dos était en mauvais état pour la même raison.

— Bah ! se dit la petite fille, maman m'a donné une belle ceinture rose. Cela cachera en grande partie les défauts de ma robe ; d'ailleurs je mettrai un fichu Marie-Antoinette ; elle alla au tiroir de sa commode pour le prendre ; il n'était pas propre, et une partie de la garniture était décousue. Elle s'était si souvent servie du pauvre fichu pour dissimuler le désordre de sa toilette, qu'il était presque usé. Berthe soupira, elle n'avait pas le choix ; elle voulut prendre un jupon, l'entre-deux en était décousu ! Quant aux bas, ses pieds passaient littéralement à travers ; mes souliers les cacheront, se dit l'enfant. Quand elle fut aux gants, elle s'aperçut avec chagrin que tous avaient les bouts des doigts et les boutons décousus.

— Ah ! si j'avais du fil et une aiguille ! s'écria Berthe, tout cela pourrait s'arranger. Oh ! maman avait bien raison ; si j'osais j'irais lui redemander ma corbeille à ouvrage ; quelle folie de croire qu'on peut se passer de coudre ; mais mon frère va me donner tort. Attendons un peu ; ma toilette passera encore pour cette fois.

Le lendemain, à 4 heures, les enfants étaient prêts et attendaient la voiture qui devait les emmener. Berthe avait vainement attendu sa mère, qui autrefois ne l'eût pas laissée partir sans jeter un dernier coup d'œil sur sa toilette, et elle n'avait pas osé la chercher, car l'ensemble était peu satisfaisant ; cette robe fraîche et jolie qui ne venait pas aux chevilles, cette belle ceinture large, puis le fichu chiffonné, éraillé, dont les garnitures étaient retenues de loin en loin par des épingles, un jupon trop long et déchiré, de charmants souliers mordorés qui, fort décolletés, ne masquaient pas les trous des talons des bas, enfin des gants faisant la *tulipe* au bout des doigts ; tout cela formait une toilette complètement ridicule.

Enfin, la voiture arriva et transporta rapidement les enfants à l'habitation de Mme d'Aunay.

Hélène les attendait sur le perron ; elle

les reçut avec autant de grâce que d'amabi-
lité, et comme les autres invités ne devaient
venir que plus tard, Berthe put examiner
tout à son aise le magnifique panorama,
elle avait complètement oublié sa toilette.

Cependant, vers 7 heures, tous les enfants
arrivèrent, vinrent embrasser Hélène et sa-
luèrent froidement Berthe qu'ils regardaient
de la tête aux pieds, et dont ils s'éloignaient
ensuite pour aller rire et chuchoter dans un
coin.

Pourtant la danse commença; chaque
petit garçon prit la main d'une petite fille
seule Berthe resta sur son siége, personne
ne l'invita; elle n'y fit pas attention
croyant que c'était l'effet du hasard ; cepen
dant le fait s'étant renouvelé plusieurs fois
de suite, il n'y avait pas à douter que ce
fût un parti pris.

Jules, désolé de voir sa sœur privée du

plaisir qu'elle s'était promis, vint la prendre pour danser un quadrille ; personne ne voulut lui faire vis-à-vis ; toute honteuse, il fallut que Berthe retournât sur sa chaise.

Une épreuve plus cruelle l'attendait. Dans cette réunion était une petite fille nommée Sophie qui était fort moqueuse, méchante même ; elle trouva moyen de venir s'asseoir à côté de Berthe et d'y attirer toute la troupe enfantine.

Alors s'adressant à la petite fille, Sophie s'écria : — Que votre toilette est charmante, mademoiselle, voudriez-vous avoir l'obligeance de me donner le nom de votre couturière ? — D'où faites-vous venir vos gants, de Paris bien certainement ? Leur coupe le fait assez voir. En disant ces mots, elle s'emparait malicieusement de la main de Berthe, ce qui mettait complètement en évidence tous les trous.

Les enfants se tordaient de rire, et Berthé, qui rougissait de plus en plus, ne savait que faire pour éviter le supplice que lui faisait endurer la méchante petite fille; elle cherchait Hélène et ne la voyait pas; les larmes roulaient de ses yeux, et je suis sûre que, pris séparément, aucun des enfants qui riaient là de sa confusion n'eût été si cruel, s'il n'avait été retenu par l'exemple de Sophie.

Jules allait s'élancer à la défense de sa sœur quand Mme d'Aunay intervint :

— Mesdemoiselles, dit-elle d'un ton bref où perçait le mécontentement, il est temps de quitter ce jeu pour venir souper.

Les enfants s'éloignèrent un peu honteux; Sophie cherchait à se dissimuler, mais Mme d'Aunay la cloua à sa place d'un seul regard; puis prenant la main de Berthe, elle lui dit : — Ma chère enfant, venez avec moi ; je préfère de beaucoup une petite fille modeste et instruite, même quand elle commet quelquefois de petites folies, surtout si elle a fermement l'intention de se corriger, à une petite fille moqueuse et sans indulgence, qui tourmente une camarade parce qu'elle est moins bien mise qu'elle.

— Sophie sortit toute troublée, et Berthe qui jusqu'alors s'était contenue, éclata en sanglots en entendant ces bonnes et affectueuses paroles ; elle supplia Mme d'Aunay de faire atteler la voiture afin de la faire reconduire chez sa mère.

L'excellente dame y consentit ; elle comprenait que Berthe avait été trop humiliée devant la petite société pour y rester plus longtemps.

Jules voulut partir avec sa sœur.

Au moment où ils montaient tous deux en voiture, Hélène s'élança au cou de Berthe et lui dit en pleurant :

— Pardonnez-moi, ma chère amie, de ne pas avoir pris votre défense ; cela m'était défendu.

— Par qui ? demanda Berthe.

— Je ne peux vous le dire maintenant, mais vous le saurez bientôt ; croyez cependant, je vous prie, que je vous aime beaucoup et que je veux devenir tout à fait votre amie.

La voiture partit, Jules et Berthe se jetèrent dans les bras l'un de l'autre.

— Ah ! que j'ai été malheureuse ce soir ! s'écria Berthe.

— Je n'ai pas été moins affligé que toi, ma sœur, plus peut-être même, car je m'accusais d'être la cause de ce qui t'arrivait ; sans moi, sans mes sots conseils, tu n'aurais pas renoncé à la couture, ou si tu l'avais fait un instant, tu n'aurais certes

pas persisté aussi longtemps dans une résolution qui t'était nuisible; pardonne-moi, je
te prie, ma chère sœur.

— Oh ! je ne t'en veux pas, mais je n'aurais jamais cru que des petites filles pussent
être si cruelles ! — Les frères n'étaient pas
meilleurs; je les entendais dire : Je ne veux
pas danser avec cette petite fille, regarde
donc ses bas, ils vont la quitter en route;
et ses gants, disaient les autres. un chiffon-
nier ne les ramasserait pas; mais ce qui
m'a fait le plus de peine, c'est d'entendre
accuser notre mère.

— Comment cela ?

— Oui, j'étais près de la porte du petit
salon et Mᵐᵉ d'Aunay causait avec un vieux
monsieur.

— Votre soirée est charmante, disait-il,
je suis si content de voir le plaisir que pren-
nent ces enfants qu'il faut à mon tour que

je donne un bal d'enfants; je vous prierai même, chère madame, de m'amener tous vos invités de ce soir : j'en excepte cependant cette petite fille dont la mise par trop négligée nuit au coup d'œil général.

— Berthe Minoret? reprit avec étonnement Mme d'Aunay. C'est pourtant une charmante enfant d'une instruction fort au-dessus de son âge et possédant un aimable caractère.

— Je ne dis pas le contraire; mais pour se présenter ainsi vêtue dans une réunion comme celle de ce soir, il faut qu'elle soit le désordre personnifié ou qu'elle n'ait pas de mère.

— Si, elle a sa mère; c'est une femme de grand mérite, je vous l'assure.

— Permettez-moi de croire, chère madame, qu'alors elle ne s'occupe pas du tout de ses enfants.

— Pauvre mère chérie ! Comment ! on l'a accusée ? oh ! c'est ma plus cruelle punition !

La voiture s'arrêta, on était arrivé chez Mme Minoret ; les deux enfants ne firent qu'un saut de l'équipage au boudoir de leur mère.

Elle s'attendait presque au retour de ses enfants ; elle écouta avec émotion le récit détaillé de cette pénible soirée ; elle trouvait intérieurement qu'on avait été bien sévère pour sa petite Berthe qu'elle voyait toute repentante, agenouillée devant elle, redemandant humblement sa corbeille à ouvrage.

Aussi prit-elle ses enfants dans ses bras et leur dit : J'avais prévu ce qui arriverait ce soir, et j'avais demandé à Mme d'Aunay de laisser dire les petites filles, pensant que cette leçon ferait une durable impression sur l'esprit de Berthe ; l'épreuve a réussi, je vois. J'avoue cependant que je l'eusse souhaitée moins dure.

— Oh ! non, maman, je l'ai bien méritée, pour avoir si longtemps refusé de suivre vos avis ; me voici bien corrigée cette fois, maman ; je ne délaisserai pas mes études chéries, mais je reprendrai l'habitude de venir chaque jour coudre auprès de toi ; nous continuerons nos bonnes conversations d'autrefois ; enfin je veux devenir une bonne ménagère.

Mme Minoret embrassa tendrement sa fille et la conduisit dans sa chambre, car il était tard et les événements de la soirée avaient fatigué les enfants.

En s'éveillant le lendemain matin, la première chose que vit Berthe fut une bonne robe de chambre toute neuve posée sur une chaise à côté de son lit ; tous ses vieux vêtements avaient été remplacés. Elle courut à sa commode ; des bas, des mouchoirs, des chemises, des jupons neufs étaient soigneusement rangés dans les tiroirs; elle allait aller remercier sa mère, quand celle-ci entra pour voir si Berthe était levée.

L'enfant embrassa affectueusement sa mère.

— Oh! dit Mme Minoret en souriant, j'ai pensé, ma chère enfant, que tu avais trop d'ouvrage pour remettre ton trousseau en ordre, cela aurait pu te rebuter; tout est neuf, c'est à toi de le bien entretenir.

Dans la journée on reçut la visite d'Hélène et de sa mère; il ne fut pas question de la scène de la veille : il était inutile de renouveler le chagrin de Berthe puisqu'elle était maintenant bien radicalement guérie de ses folles idées a propos de la couture.

Hélène e. Berthe devinrent inséparables ; leur am t é eut les plus heureux résultats. Ce qu .vait manqué à Berthe, c'était une amie de son âge ; elle avait trop pris avec son frère des goûts qui ne conviennent qu'aux garçons.

Peu de temps après ce qui vient de |se passer, le vieux monsieur donna son bal d'enfants, et ayant appris l'heureux change-ment qui s'était opéré chez Berthe, il vint lui-même l'inviter ainsi que son frère.

Cette fois la petite fille eut une véritable ovation, car tout le monde avait à cœur de lui faire oublier la vilaine soirée qu'on lui avait fait passer.

Chères petites lectrices, s'il en est quel-ques-unes d'entre vous qui n'aiment pas coudre, qu'elles se rappellent l'histoire de Berthe Minoret.

BEAU TRAIT

D'AMOUR FILIAL

Une femme, restée veuve avec beaucoup d'enfants, ne subsistait que du travail
de trois de ses garçons qui étaient les plus
âgés; quoique le prix de cette subsistance
fût peu considérable, les travaux néanmoins
de ces jeunes gens n'étaient pas toujours
suffisants pour y subvenir. Le spectacle
d'une mère qu'ils chérissaient, en proie au
besoin, leur fit un jour concevoir la plus
étrange résolution. On avait publié depuis
peu que quiconque livrerait à la justice le
voleur de certains effets, toucherait une
somme assez considérable. Les trois frères

s'accordent entre eux qu'un des trois passera pour le voleur, et que les deux autres le mèneront au juge. Ils tirent au sort pour savoir qui sera la victime de l'amour filial, et le sort tombe sur le plus jeune, qui se laisse lier et conduire comme un criminel. Le magistrat l'interroge; il répond qu'il a volé : on l'envoie en prison, et ceux qui l'ont livré touchent la somme promise. Le cœur attendri alors sur le danger de leur frère, ils trouvent le moyen d'entrer dans la prison; et, croyant n'être vus de personne, ils l'embrassent tendrement et l'arrosent de leurs larmes. Le magistrat qui les aperçoit par hasard, surpris d'un spectacle si nouveau, donne commission à un de ses gens de suivre ces deux délateurs; il lui enjoint expressément de ne pas les perdre de vue qu'il n'ait découvert de quoi éclaircir un fait si singulier. Le domestique s'acquitte parfaitement de la commission, et rapporte qu'ayant vu entrer ces deux jeunes gens dans une maison, il s'en était approché, et les avait entendus raconter à leur mère ce qu'on vient de dire ; que la pauvre mère à ce récit, avait jeté des cris lamentables, et qu'elle avait ordonné à ses enfants de reporter l'argent qu'on leur avait donné, disant qu'elle aimait mieux mourir de faim que de se conserver la vie au prix de celle de son cher fils. Le magistrat, pouvant à peine concevoir ce prodige de piété filiale, fait venir aussitôt son prisonnier, l'interroge de nouveau sur ses prétendus vols, le menace même du plus cruel supplice ; mais le jeune homme, tout occupé de sa tendresse pour sa mère, reste immobile.

— Ah ! c'en est trop, lui dit le magistrat en se jetant à son cou, enfant vertueux votre conduite m'étonne.

Il va aussitôt faire son rapport à l'Empereur, qui, charmé d'une affection si héroïque, voulut voir les trois frères, les combla de caresses, assigna au plus jeune une pension considérable, et une moindre aux deux autres.

AUTRE TRAIT DU MÊME GENRE.

Un pauvre ouvrier, nommé Bertrand, avait six enfants en bas âge, et il se trouvait fort embarrassé pour les nourrir. Par surcroît de malheur, l'année fut stérile, et le pain se vendait une fois plus cher que l'année précédente. Bertrand travaillait jour et nuit ; malgré ses sueurs, il lui était impossible de gagner assez d'argent pour rassasier, du plus mauvais pain, ses enfants affamés. Il était dans une extrême désolation. Il appelle un jour sa petite famille, et, les yeux pleins de larmes, il leur dit :

« Mes chers enfants, le pain est devenu
» si cher, qu'avec tout mon travail, je ne
» peux gagner assez pour vous substanter.
» Vous le voyez, il faut que je paie le mor-
» ceau de pain que voici, du produit de
» toute ma journée. Il faut donc vous con-
» tenter de partager avec moi le peu que

» je m'en serai procuré : il n'y en aura
» certainement pas assez pour vous rassa-
» sier, mais du moins il y aura de quoi
» vous empêcher de mourir de faim. »

Le pauvre homme ne put en dire davantage ; il leva les yeux vers le ciel et se mit
à pleurer. Ses enfants pleuraient aussi, et
chacun disait en lui-même : Mon Dieu, venez à notre secours, pauvres petits malheureux que nous sommes ! Assistez notre père,
et ne nous laissez pas mourir de faim !

Bertrand partagea son pain en sept por-
tions égales ; il en garda une pour lui, et
distribua les autres à chacun de ses enfants.
Mais un d'entre eux, qui s'appelait Amand,
refusa de recevoir la sienne, et dit :

— Je ne peux rien prendre, mon père,
je me sens malade ; mangez ma portion,
ou partagez-la entre les autres.

— Mon pauvre enfant, qu'as-tu donc,

lui dit Bertrand en le prenant dans ses bras ?

— Je suis malade, répondit Amand, très-malade, je veux aller me coucher.

Bertrand le porta dans son lit ; et le lendemain au matin, accablé de tristesse, il alla chez un médecin et le pria de venir, par charité, voir son fils malade, et de le secourir.

Le médecin, qui était un homme pieux, se rendit chez Bertrand quoiqu'il fût bien sûr de n'être pas payé de ses visites. Il s'approche du lit d'Amand, lui tâte le pouls, mais il ne peut y trouver aucun symptôme de maladie ; il lui trouva cependant une grande faiblesse : et, pour le ranimer, il voulut lui prescrire une potion.

— Ne m'ordonnez rien, Monsieur, lui dit Amand, je ne prendrais pas ce que vous m'ordonneriez.

LE MÉDECIN.

Tu ne le prendrais pas, et pourquoi donc, s'il te plaît ?

AMAND.

Ne me le demandez pas, Monsieur, je ne peux vous le dire.

LE MÉDECIN.

Et qui t'en empêche, mon enfant, tu me parais être un petit garçon bien obstiné ?

AMAND.

Monsieur le médecin, ce n'est pas par obstination, je vous assure.

LE MÉDECIN.

A la bonne heure, je ne veux pas te contraindre ; mais je vais le demander à ton père, qúi ne sera peut-être pas aussi mystérieux.

AMAND.

Ah ! je vous en prie, Monsieur, que mon père n'en sache rien.

LE MÉDECIN.

Tu es un enfant bien incompréhensible ! Mais il faut absolument que j'en instruise ton père, puisque tu ne veux pas me l'avouer.

AMAND.

Mon Dieu, Monsieur, gardez-vous-en bien ; je vais plutôt vous le dire ; mais auparavant, faites sortir, je vous en prie, mes frères et sœurs.

Le médecin ordonna aux enfants de se retirer, et alors Amand lui dit :

— Hélas! Monsieur, dans un temps si dur, mon père ne gagne, qu'avec bien de la peine, de quoi acheter un mauvais pain : il le partage entre nous ; chacun n'en peut avoir qu'un petit morceau, il n'en veut presque rien garder pour lui-même. Cela me fait de la peine de voir mes petits frères et mes petites sœurs endurer la faim. Je suis l'aîné, j'ai plus de force qu'eux ; j'aime mieux ne pas manger, pour qu'ils puissent partager ma portion. C'est pour cela que j'ai fait semblant d'être malade et de ne pouvoir manger ; mais que mon père n'en sache rien, je vous en prie.

Le médecin essuya ses yeux, et lui dit :

— Mais toi, n'as-tu pas faim, mon cher ami ?

AMAND.

Pardonnez-moi, j'ai bien faim ; mais cela ne me fait pas tant de mal que de les voir souffrir.

LE MÉDECIN.

Mais tu mourras bientôt, si tu ne te nourris pas.

AMAND.

Je le sens, Monsieur, mais je mourrai de bon cœur : mon père aura une bouche de moins à remplir ; et lorsque je serai auprès du bon Dieu, je le prierai de donner à manger à mes petites sœurs.

L'honnête médecin était hors de lui-même, d'attendrissement et d'admiration, en entendant ainsi parler ce généreux enfant ; il le prit dans ses bras, le serra contre son sein, et lui dit :

— Non, mon cher ami, tu ne mourras pas ; Dieu, notre père à tous, aura soin de toi et de ta famille : rends-lui grâces de ce qu'il m'a conduit ici. je reviendrai bientôt.

Il courut à sa maison, chargea un de ses domestiques de toutes sortes de provisions, et revint avec lui vers Amand et ses frères affamés. Il les vit tous se mettre à table, et leur donna à manger jusqu'à ce qu'ils furent rassasiés. C'était un spectacle ravissant pour le bon médecin, de voir la joie de ces innocentes créatures. En sortant, il dit à Amand de ne pas se mettre en peine, et qu'il pourvoirait à leurs nécessités. Il observa fidèlement sa promesse : il leur faisait passer tous les jours abondamment de quoi se nourrir. D'autres personnes charitables, à qui il raconta cette aventure, imitèrent sa bienfaisance. Les uns envoyaient des provisions, les autres de l'argent ; ceux-là des habits et du linge ; en sorte que, peu de jours après, la petite famille eut au-delà de ses besoins.

Aussitôt que le prince fut instruit de ce que ce brave petit Amand avait fait pour son père et pour ses frères, plein d'admiration de tant de générosité, il envoya chercher Bertrand, et lui dit :

— Vous avez un enfant admirable ; je veux être aussi son père. J'ai ordonné qu'on vous donnât, tous les ans, en mon nom, une pension de cent écus. Armand et tous vos enfants seront élevés à mes frais dans le métier qu'ils voudront se choisir ; et s'ils savent en profiter, j'aurai soin de leur fortune.

Bertrand s'en retourna chez lui, enivré de joie ; et s'étant jeté à genoux, il remercia Dieu de lui avoir donné un si digne enfant.

BERQUIN

L'AMI DES ENFANTS

Berquin s'est distingué particulière-ment par une tendre affection pour l'enfance, qui lui a fait décerner le titre d'*Ami des enfants*. Comme ses délicieux ouvrages sont entre les mains de tous, il est bon de connaître en détail la vie et la mort de cet homme extraordinaire.

Armand Berquin était né à Bordeaux, en 1749. Dès sa jeunesse il se sentait appelé à écrire pour la moralisation des hommes. Comme il affectionnait particulièrement les enfants, il voua sa plume à leur instruction. Afin de se livrer plus complètement aux travaux qu'il voulait entreprendre pour orner l'esprit et former le cœur des enfants, il se rendit à Paris. Il logea dans un hôtel garni, mais solitaire, situé dans une petite rue de quartier Montmartre, où l'on conserve encore avec respect son souvenir. Dans ce modeste asile, il ne vivait que pour composer, d'après nature, ses admirables productions. C'est pourquoi on le voyait maintes fois courir dans le jardin de l'hôtel avec ceux qu'il appelait ses petits camarades, se mêler à leurs jeux; et sous les dehors d'un volontaire enfantillage, obser-
ver leurs mouvements, leurs conver-

sations, leurs caractères, leurs passions naissantes, recueillir les mots heureux qui s'échappaient de leur bouche naïve, et rédiger ensuite cette charmante collection de portraits variés, de dialogues attachants qui conduisent insensiblement l'enfance au désir d'imiter, au besoin de s'instruire, en un mot à la noble et sainte habitude du bien.

Chaque jour on entendait autour de sa demeure les cris joyeux des enfants. C'était surtout lorsque Berquin sortait de son hôtel qu'il éprouvait les heureux effets de l'amour de ses élèves et de l'estime publique.

« Voilà notre ami! » s'écriaient en le voyant les enfants sur son passage. Aussitôt un essaim de petits garçons se disputaient ses mains, qu'ils couvraient de baisers.

Berquin témoigna à ses petits camarades sa reconnaissance en publiant
plusieurs ouvrages pour leur instruction. Il ne se contenta pas de vouer ses
loisirs à l'enfance : il était devenu en
quelque sorte l'arbitre des familles, le
juge de paix du quartier. Une querelle
venait-elle d'éclater entre deux amis,
ceux-ci allaient avant tout consulter
Berquin, et celui qu'il condamnait n'en
appelait jamais à un autre tribunal.

Avec un cœur comme celui de Berquin, peut-on ne pas beaucoup aimer
sa mère ? La délicate et profonde tendresse qu'il eut pour la sienne lui fit
bien des amis et des admirateurs. Berquin, depuis plusieurs années, faisait
des instances à sa mère, qui habitait
encore Bordeaux, pour qu'elle consentit à venir le rejoindre à Paris ; mais
l'habitude, le grand âge, le chagrin de

se séparer de ses anciens amis, tout fit hésiter cette mère, si ardemment désirée, à combler par sa présence le bonheur de son fils. Cependant le besoin de se rapprocher de l'unique appui de sa vieillesse la décida enfin. Tout fut disposé pour son départ.

Berquin, ivre de joie, comptait avec impatience les jours, les heures, les instants. Pour surprendre agréablement sa mère, il eut l'ingénieuse idée de faire préparer, à côté du sien, un appartement absolument semblable à celui qu'elle occupait à Bordeaux. La tapisserie de point de Hongrie, les vieux vases de porcelaine du Japon, le Christ d'ivoire sur un fond de velours noir encadré, la petite bibliothèque, composée de livres de dévotion et couronnée d'un buis bénit, le lit en tombeau, la commode en gondole, et jusqu'au écrans à manches d'ébène... Rien n'avait été négligé pour faire plaisir à la plus tendre des mères et lui rendre, au sein de la capitale, tout ce qui composait son existence accoutumée et ses pieuses habitudes.

Mais la providence voulut montrer une fois de plus qu'ici-bas tout est passager, fragile et misérable : elle demanda à Berquin le sacrifice de la plus grande jouissance que son cœur pût ambitionner. Le jour même fixé pour le départ de sa mère, celle-ci fut atteinte d'une maladie qui la conduisit au tombeau. A peine eut-elle le temps de tracer, d'une main glacée par la mort, ses adieux à son fils.

La douleur de Berquin fut inexprimable.

En vain, les enfants du voisinag

venaient-ils entourer leur ami : leurs jeux, leurs caresses et leurs consolations enfantines ne pouvaient le tirer de sa profonde mélancolie. Ses yeux, que mouillait si facilement la moindre émotion, demeuraient secs et n'exprimaient plus que la douleur, le besoin de la solitude.

Berquin ne put résister à une épreuve aussi sensible : il fut attaqué d'une fièvre ardente qui mit ses jours en danger. Le médecin ne put dissimuler que le malade laissait peut d'espoir. Cette nouvelle se répandit avec la rapidité de l'éclair dans tout le quartier Montmartre; ce fut une véritable consternation. Les enfants ne cessaient de se porter à la demeure de Berquin; et ce qu'il y a de plus touchant et de plus délicat encore, c'est que les uns se mettaient en sentinelle à chaque extrémité de la rue qu'il habitait, pour inviter les cochers à prendre une autre direction pour ne pas troubler le repos de leur ami; les autres, dès l'aube du jour, apportaient, des greniers et des remises du voisinage, de quoi former une épaisse litière le long des murs de l'hôtel, pour que les voitures qu'on ne pouvait détourner ne pussent causer le moindre bruit

Le docteur avait annoncé une crise forte et décisive pour le septième jour. Après avoir passé une grande partie de la journée près du malade, il voulut y rester encore la nuit. Un grand silence régnait autour de l'hôtel; tous les enfants du voisinage s'étaient distribué leurs postes et formaient trois groupes différents.

Le premier se tenait à la porte de l'appartement du malade, l'oreille attentive, respirant à peine et attendant la moindre nouvelle, qu'il transmettait aussitôt à voix basse au second groupe posté dans le jardin, au bas de l'escalier; celui-ci la portait au troisième groupe établi à la porte de la rue, et qui courait répandre dans les environs l'espérance ou la crainte, la joie ou la douleur. Tout à coup le médecin, s'apercevant qu'une dernière potion qu'il avait ordonné produisait quelque effet, s'écria, dans le premier élan de la joie : « Berquin est sauvé! » La nouvelle est aussitôt répétée avec ivresse par tous les enfants réunis, confondus, joignant leurs mains innocentes et mettant un genou en terre pour remercier Dieu. « Doucement, chers petits, doucement leur dit le docteur; oui, j'ai l'espoir de vous le rendre votre ami; mais songez que le moindre bruit, la moindre secousse achèverait de l'éteindre. — Nous

nous taisons, monsieur le docteur, nous ne remuons plus. » Ayant fait cette promesse, ils se retirèrent tous en silence. En chemin, ils se disaient entre eux : « Nous pourrons donc le voir encore, jouer avec lui! Nous pourrons l'entendre nous lire *Jacquot le petit joueur de violon,* le *Nid de moineau,* et toutes les jolies choses dont il nous régalait sans cesse... il est sauvé! il est sauvé! »

Berquin fut rendu à ses nombreux amis; mais sa convalescence fut longue et pénible. Une irritation de nerfs lui causait une insomnie continuelle. Le médecin, après bien des essais inutiles, s'aperçut que l'aspect des fleurs et une douce harmonie pourraient seuls lui procurer quelque soulagement. Ses petits amis se cotisèrent aussitôt pour acheter et placer sur sa cheminée et sur son bureau de travail les fleurs et les plantes les plus fraîches et les plus rares. Ils trouvèrent également le moyen de lui procurer de la musique. Grâce aux soins et aux prières de ces braves enfants, Berquin put reprendre ses utiles travaux jusqu'à sa mort, qui arriva le 21 décembre de l'année 1791, dans la quarante-troisième année de son âge.

LE PAGE

COMÉDIE, PAR BERQUIN

PERSONNAGES :

Le PRINCE DE ***.
Mme DE DETMOND.
DETMOND l'aîné, enseigne. } ses fils.
DETMOND le cadet, page. }
Le capitaine DORNONVILLE, son frère.
Le DIRECTEUR d'une école royale.
Un VALET DE CHAMBRE.

Le théâtre représente une antichambre du palais. Une porte ouverte à deux battants laisse voir un cabinet dans lequel est un lit de camp. On voit au pied du lit, sur un guéridon, une lampe allumée et une lettre.

SCÈNE PREMIÈRE.

LE PRINCE, à demi habillé, couché sur un lit de camp, et couvert d'un grand manteau; LE PAGE, dormant sur un fauteuil dans l'antichambre.

LE PRINCE, *se réveillant.*

Voilà ce qu'on appelle dormir!... Heureusement la paix est faite. On peut se livrer au sommeil sans crainte d'être réveillé par le bruit des armes. *(Il regarde à sa montre.)* Deux heures? Il doit être plus tard! j'ai dormi plus que cela. *(Il appelle.)* Page! page!

LE PAGE *se réveille en sursaut, se lève et retombe dans le fauteuil.*

Eh bien! qui m'appelle? Tout à l'heure, un moment.

LE PRINCE.

Y a-t-il quelqu'un? Personne ne répond.

LE PAGE *se lève tout endormi et se frotte les yeux.*

Monseigneur!

LE PRINCE.

Viens, mon petit ami, réveille-toi! Vois l'heure qu'il est à ta montre; la mienne est arrêtée.

LE PAGE, *s'appuyant sur les bras du fauteuil,
et toujours endormi.*

Comment, comment, monseigneur?

LE PRINCE, *souriant.*

Tu tombes de sommeil. La drôle de petite figure! Je t'ai dit de voir à ta montre l'heure qu'il est.

LE PAGE, *s'approchant à pas lents.*

Ma montre, monseigneur? Ah! excusez-moi, je n'en ai point.

LE PRINCE.

Tu rêves encore. Mais, en effet, n'aurais-tu pas de montre?

LE PAGE.

Je n'en ai jamais eu.

LE PRINCE.

Jamais, comment? ton père t'a envoyé ici sans te donner une des choses les plus nécessaires, et même la seule dont tu aies besoin pour faire ton service?

LE PAGE.

Mon père? Ah! si je l'avais encore!

LE PRINCE.

Tu ne l'as plus?

LE PAGE.

Il est mort même avant que je fusse né. Je ne l'ai jamais connu.

LE PRINCE.

Pauvre enfant! Mais ton tuteur, ta mère, auraient bien dû songer...

LE PAGE.

Ma mère, monseigneur? Hélas! vous ne

le savez donc pas ! Elle est si malheureuse ! si pauvre ! Tout ce qu'elle avait d'argent, elle l'a employé pour moi ; mais elle n'en avait pas assez pour m'acheter une montre. Mon tuteur a bien dit qu'il m'en fallait une *(il bâille)* ; cependant il ne me l'a pas encore donnée.

LE PRINCE.

Qui est ton tuteur ?

LE PAGE.

Monseigneur, c'est mon oncle.

LE PRINCE, *souriant.*

A merveille ; mais il y a bien des oncles dans le monde : comment s'appelle le tien ?

LE PAGE.

C'est un des capitaines de vos gardes. Il est de service aujourd'hui.

LE PRINCE.

Tu as raison ; je m'en souviens ; c'est lui qui t'a présenté. Mon petit ami, prends cette bougie. *(Il lui met une bougie dans les mains.)* Tiens-la bien. Dans ce cabinet *(il le lui montre)*, là, à côté, tu trouveras deux montres pendues à la glace. Apporte celle qui se trouvera à ta droite.

LE PAGE, *en sortant.*

Oui, monseigneur.

SCÈNE II.

LE PRINCE (seul).

—

LE PRINCE.

L'aimable enfant ! Quelle naïveté ! quelle franchise ! Ah ! s'il y avait un homme comme cet enfant, et que cet homme fût mon ami !

C'est dommage qu'il soit si petit, je ne pourrai pas m'en servir; il faudra le renvoyer à sa mère.

SCÈNE III.

LE PRINCE, LE PAGE.

—

LE PAGE, *tenant la lumière d'une main et la montre de l'autre.*

Il est cinq heures, monseigneur.

LE PRINCE.

Je ne me trompais pas. Le jour va bientôt paraître. *(Il reprend sa montre.)* Mais est-ce là celle que j'ai demandée? celle qui était à droite?

LE PAGE.

N'est-ce pas elle, monseigneur? Je le croyais pourtant.

LE PRINCE.

Eh! mon petit ami, quand ce serait-elle? Si tu avais bien entendu tes intérêts, tu aurais pris l'autre ; car celle-ci, tout enrichie de diamants, ne peut convenir à un enfant. N'aurais-tu consulté que ta cupidité? Aurais-tu le sort de ceux qui perdent tout pour vouloir trop gagner? Réponds moi.

LE PAGE.

Comment cela, monseigneur ? Je ne vous entends pas.

LE PRINCE.

Il faut que je m'explique plus clairement. Sais-tu distinguer la droite de la gauche ?

LE PAGE, *regardant alternativement ses deux mains.*

La droite et la gauche, monseigneur ?

LE PRINCE, *lui mettant sa main sur l'épaule.*

Va, mon enfant, tu les distingues peut-être aussi peu que le bien et le mal. Que ne peux-tu conserver cette heureuse ignorance ! Va, cours chercher ton oncle le capitaine, qu'il vienne me parler. *(Le page sort.)*

SCÈNE IV.

LE PRINCE (seul).

—

LE PRINCE.

Il est plein d'ingénuité, tout à fait aimable ! Raison de plus pour le rendre à sa famille. La cour est le séjour de la séduction. Je ne souffrirai pas qu'il en soit la victime. Mais où ira-t-il, si sa mère est aussi indigente qu'il le dit ? Il faut que je m'en informe. Dornonville pourra me donner là-dessus tous les éclaircissements que je désire.

SCÈNE V.

LE PRINCE, LE PAGE.

—

LE PAGE.

Monseigneur, mon oncle, le capitaine, va se rendre ici.

LE PRINCE.

Eh bien ! qu'est-ce donc ? tu as l'air bien accablé ! Est-ce que tu aurais encore envie de dormir ?

LE PAGE.

Hélas ! oui, monseigneur, un peu.

LE PRINCE.

Si ce n'est que cela, va, remets-toi dans ton fauteuil. J'ai été enfant comme toi. Je sais combien le sommeil est doux à ton âge. *(Le page se remet dans le fauteuil, et s'arrange pour dormir.)*

SCÈNE VI.

LE PRINCE DORNONVILLE, LE PAGE
(endormi.)

—

DORNONVILLE.

Monseigneur...

LE PRINCE.

Approchez, monsieur. Que pensez-vous du petit messager que je vous ai envoyé ? A quoi l'emploierai-je à me servir dans la chambre ?

DORNONVILLE, *haussant les épaules.*

Il est, je l'avoue, bien petit.

LE PRINCE.

Ou à courir à cheval pour des commissions ?

DORNONVILLE.

Je craindrais qu'il ne revînt pas.

LE PRINCE.

Ou à veiller ici la nuit?

DORNONVILLE, *souriant.*

Oui, pourvu que Votre Altesse dorme elle-même.

LE PRINCE.

Quel parti puis-je donc tirer de cet enfant? Aucun, cela est clair. Aussi, en me le donnant, n'avez-vous vraisemblablement pas prétendu qu'il fût utile à mon service, mais que je le devinsse à sa fortune. Vous m'aviez bien dit que sa mère n'était pas en état de l'élever; mais est-il vrai qu'elle soit réduite à la dernière misère?

DORNONVILLE, *mettant la main sur son cœur.*

Oui, monseigneur, c'est l'exacte vérité.

LE PRINCE.

Et par quels malheurs?

DORNONVILLE.

Par cette guerre même qui en a enrichi tant d'autres. A la vérité, sa terre n'était pas absolument libre; mais la voilà passée tout à fait en des mains étrangères. Tout est pillé, brûlé, détruit de fond en comble. Par-dessus cela des procès : ils succèdent à la guerre, comme la peste à la famine. Heureusement pour elle ses fils sont placés. Le plus jeune est votre page; l'aîné est enseigne dans vos gardes : quant à la mère, elle vivra comme elle pourra.

LE PRINCE.

Bien misérablement sans doute ?

DORNONVILLE.

Cela est vrai, monseigneur. *(Froidement.)*
Elle s'est réfugiée dans une cabane, où elle
vit seule et délaissée. Je ne vais jamais la
voir. Je suis son frère, et je ne pourrais
supporter le spectacle affreux de sa misère.

LE PRINCE.

Vous êtes son frère ?

DORNONVILLE.

Oui, malheureusement, monseigneur.

LE PRINCE, *avec mépris.*

Malheureusement ? Et vous n'allez pas la
voir ? Je vous entends, monsieur. Sa misère
vous ferait rougir ; ou, si elle vous touchait,
il vous en coûterait pour la soulager. *(Dor-*

nonville paraît embarrassé.) Comment nommez-vous votre sœur?

DORNONVILLE.

Mme de Detmond.

LE PRINCE, *réfléchissant.*

Detmond! Mais n'avais-je dans mes troupes un major de ce nom?

DORNONVILLE.

Il est vrai, monseigneur.

LE PRINCE.

Qui fut tué à l'ouverture de la première campagne?

DORNONVILLE.

Oui, monseigneur. C'était le père de l'enseigne et de cet enfant. Homme d'honneur et plein de courage.

LE PRINCE.

Je me souviens très-bien de lui, et je désirerais...

DORNONVILLE, *s'approchant.*

Que désirerait Votre Altesse?

LE PRINCE.

De parler à sa veuve.

DORNONVILLE.

Vous le pouvez à l'instant même. Elle est ici.

LE PRINCE.

Elle est ici? Envoyez chez elle; qu'elle vienne dès qu'elle sera levée. Je veux la voir et lui rendre son enfant.

DORNONVILLE.

Monseigneur...

LE PRINCE.

Je vous défends de l'en prévenir ; allez.
(Le capitaine sort.)

SCÈNE VII.

LE PRINCE, LE PAGE (endormi.)

—

LE PRINCE.

L'aimable enfant ! Comme il dort sans inquiétude ! C'est l'innocence dans les bras dv
sommeil ! Il se croit dans la maison d'u.i
ami, où il ne doit pas se gêner. Voilà bien
la nature ! *(Il se promène encore.)* Sa mère ?
Mais, en vérité, je ne ferais pas beaucoup
pour elle, si elle ressemblait au capitaine.
Je veux la mettre à l'épreuve, pour la bien
connaître, et ensuite..., ensuite il sera toujours temps de prendre un parti. *(Il s'appuie
sur le dos du fauteuil, et regardant le page*

d'un air d'amitié, il aperçoit une lettre qui sort de sa poche.) Mais qu'aperçois-je? Je crois que c'est une lettre. *(Il l'ouvre et en lit la signature.)* « Ta tendre mère, de Det-mond... » Ah! c'est de sa mère! La lirai-je? Je veux connaître son caractère. Elle n'aura point dissimulé avec son enfant. Lisons. *(Il lit.)*

« Mon cher fils,

» Tu me marques que tu as été présenté au prince, qui a eu la bonté de t'agréer; que c'est le meilleur et le plus doux des maîtres, et que tu l'aimes déjà beaucoup. » *(Il regarde le page.)*

Quoi! mon ami, c'est là ce que tu as écrit à ta mère? Je ne fais donc que mon devoir en te payant de retour, en cherchant à te donner des preuves de mon amitié.

« Tu as raison de l'aimer, mon enfant, car sans sa généreuse assistance, quel serait ton sort dans le monde? Tu as perdu ton père, et quoique ta mère vive encore, tu n'en es pas moins à plaindre; la fortune l'a mise hors d'état de remplir ses devoirs envers toi; c'est le plus grand de mes chagrins, le plus cruel de mes tourments. Tandis que je n'ai eu à penser qu'à moi, le malheur m'a trouvée inébranlable; mais quand ton image vient se présenter à mon esprit, mon cœur se brise et mes larmes ne peuvent tarir. »

Beaucoup de tendresse, beaucoup de sensibilité à ce qu'il paraît! et si elle est aussi excellente femme que tendre mère...

« Je ne saurais, mon ami, te conduire moi-même sur le chemin de la fortune, comme je le voudrais; je suis forcée de rester ici dans la solitude et l'éloignement, mais avec toute la force que la tendresse m'inspire, je ne cesserai de te donner des conseils; et ma voix, tant qu'elle pourra se faire entendre, te répétera toujours de suivre les sentiers de l'honneur et de la vertu.

6

Mon ami, donne-moi une preuve nouvelle de cette obéissance que tu as eue pour moi jusqu'à présent, porte toujours cette lettre sur toi. » *(Il regarde le page.)*

Eh bien ! il était obéissant.

« Quand tu seras en danger de manquer à ton devoir et de négliger les avis que je t'ai donnés en t'embrassant la dernière fois et en t'arrosant de mes larmes, ô mon fils ! ressouviens-toi de cette lettre, ouvre-la : pense à ta mère, à ta mère infortunée, que l'espérance seule qu'elle fonde sur toi soutient dans la solitude. »

Comment ! n'a-t-il pas un frère ?

« Pense que tu la ferais mourir de douleur, et que tu percerais toi-même le cœur qui t'aime le plus sur la terre. »

Elle sent son danger. Elle a raison ; car il est exposé. Devait-elle se résoudre à l'envoyer ici ?

« Ce n'est point le soupçon et la défiance
qui parlent par ma bouche; la conduite ne
les a pas fait naître. Non, mon enfant, non.
Ton frère a fait couler mes larmes, tu mé-
nageras plus que lui l'âme sensible de ta
mère. »

Ainsi l'aîné, l'enseigne?... Il faut que je
m'éclaircisse davantage.

« Tu as toujours été soumis, respec-
tueux : je te rends ce témoignage avec des
larmes de joie. Continue, mon fils, deviens
honnête homme : et ta mère, si pauvre, si
malheureuse qu'elle soit, oubliera bientôt
ses malheurs et sa misère. »

Fort bien, elle me plaît : le malheur
ajoute à l'élévation de son âme au lieu de
la flétrir.

« Tu me marques à la fin de ta lettre
que tous tes camarades ont une montre.
Je vois qu'il t'en faudrait une aussi; cependant tu brises là-dessus; et tu me caches

le désir que tu en as. Cette retenue me charme; je suis désespérée de ne pouvoir la récompenser. Mais sois persuadé que dans la suite je ferai tout ce qui dépendra de moi pour contenter ton désir. Et dussé-je me refuser tout, je ne veux pas que l'ami de mon cœur manque jamais d'encouragement à la vertu. J'espère bientôt te revoir, et je suis... »

O femme bien digne d'un meilleur sort! Je veux montrer cette lettre à mon épouse et la garder. Mais non, c'est un trésor de cet enfant, pourquoi le lui ravir? *(Il remet la lettre dans la poche du page.)* Avec quelle tranquillité il dort encore! Le ciel, dit-on, prépare le bonheur de ses enfants pendant leur sommeil. *(Il le prend par la main.)* Mon ami! mon ami! *(Le page se réveille, et regarde le prince pendant quelques moments avec de grands yeux.)* Il est charmant; viens, mon petit ami, réveille-toi.

LE PAGE, *se levant lentement.*

Oui, monseigneur.

LE PRINCE.

Dis-moi un peu, sais-tu déjà écrire des lettres?

LE PAGE.

J'en ai déjà écrit deux grandes.

LE PRINCE.

A ta mère sans doute?

LE PAGE, *d'un air gai et familier.*

Oui, monseigneur, à ma mère.

LE PRINCE.

La joie brille dans tes yeux, quand je te parle d'elle. *(A part.)* Comme ils s'aiment dans leur misère! *(Haut.)* Mais elle est donc bien bonne, ta mère?

LE PAGE, *prenant une main du prince avec les siennes.*

Ah! si vous la connaissiez!

6..

LE PRINCE.

Je la connaîtrai, mon ami.

LE PAGE.

Elle est si douce, elle m'aime tant..

LE PRINCE.

Je souhaiterais qu'elle eût des fils qui lui ressemblassent. Ton frère, l'enseigne, on dit qu'il ne se conduit pas bien. Mais toi?

LE PAGE, *remuant la tête.*

Ah! mon frère l'enseigne...

LE PRINCE.

Oui, il lui cause, dit-on, beaucoup de chagrin. Cela est-il vrai?

LE PAGE.

Ah! monseigneur .. Mais on m'a défendu

d'en ouvrir la bouche. Si son colonel le savait... *(D'un air de confidence.)* Oh! c'est un homme dur et méchant que le colonel.

LE PRINCE.

Il n'en saura rien, je te le promets. Parle, qu'est-il donc arrivé? Qu'est-ce que ton frère a fait?

LE PAGE.

Bien des choses. Je ne sais pas moi-même au juste ce que c'est. Tout ce que j'ai vu, c'est que ma mère a été très en colère; et que pour couvrir la faute de mon frère, elle a donné tout ce qu'elle possédait. *(Il s'approche du prince et lui dit à voix basse :)* Il aurait pu, sans cela, disait-elle, être renvoyé du service.

LE PRINCE.

Renvoyé du service? Et pourquoi donc

LE PAGE.

Ah ! monseigneur, voilà ce que je ne peux dire.

LE PRINCE.

Quoi ! pas même à moi ?

LE PAGE.

On ne me l'a pas dit à moi-même.

LE PRINCE, *riant.*

On a très-bien fait, à ce qu'il me semble. Mais pour en revenir à toi, comme tu n'as point de montre, n'en aurais-tu pas demandé une à ta mère dans tes lettres ?

LE PAGE.

Une seule fois, pas davantage.

LE PRINCE.

Fort bien. Elle t'en a donc fait un reproche ?
proche ?

LE PAGE.

Oh! non, monseigneur. Au contraire elle m'a écrit qu'elle économiserait sur le peu qu'elle a, pour m'en donner une. Je suis fâché de lui en avoir parlé. Elle a déjà tant de peine à vivre! Cela me donne bien du chagrin.

LE PRINCE.

Cela doit t'en donner aussi. Un bon fils né doit pas être à charge à sa mère; il est au contraire de son devoir de chercher tous les moyens de la soulager. Quant à la montre, s'il ne s'agissait que de cela, on pourrait te contenter. *(Il tire sa bourse.)* Tiens, mon petit ami! voilà douze louis. Je veux t'en faire cadeau.

LE PAGE, *tendant la main, pendant que le prince compte.*

Sont-ils pour moi, monseigneur?

LE PRINCE.

Oui, sans doute : mais dis-moi, que comptes-tu faire de cet argent?

LE PAGE.

N'en pourrais-je pas acheter une montre?

LE PRINCE.

Oui, et même très-belle! Mais à bien examiner les choses, tu n'as pas absolument besoin de montre, il y en a assez ici. *(Pendant que le page le regarde attentivement.)* Si j'étais à ta place, je sais bien ce que je ferais. J'emploierais mieux cet argent. Cependant, comme tu voudras. Je vais m'habiller. Reste ici jusqu'à mon retour.

LE PAGE, *l'appelant.*

Monseigneur...

LE PRINCE.

Eh bien! que veux-tu?

LE PAGE.

Ma mère est ici. Elle part ce matin, et je voudrais bien lui dire adieu. *(D'un air caressant.)* Me le permettez-vous?

LE PRINCE.

Non, mon ami, cela n'est pas nécessaire. Pour cette fois, ta mère viendra ici. Tu la verras; un peu de patience. *(Il sort.)*

SCÈNE VIII.

LE PAGE (seul).

—

Elle viendra ici! Je la verrai! Et pourquoi cela? Que m'importe? il suffit qu'elle vienne et que je l'embrasse... Un, deux, trois... *(Il compte jusqu'à douze.)* Douze louis pour une montre! Ah! que je suis content!

il me semble déjà l'avoir dans mes mains, l'entendre aller, la monter moi-même. Mais quand le prince a dit qu'il saurait bien ce qu'il ferait, s'il était à ma place, qu'entendait-il par là? Que ferait-il donc? Oh! lui, qui a des montres dans toutes ses chambres, il ne sait pas ce que l'on souffre de n'en pas avoir. Mais il m'a dit aussi qu'un bon fils doit soulager sa mère. Sans doute il pensait alors à la mienne. Douze louis! *(Il les regarde.)* C'est à la vérité bien de l'argent! Si ma mère les avait, ils lui seraient d'un grand secours. *(Il presse l'argent avec ses deux mains contre son cœur.)* Ah! une montre! une montre! *(Laissant tomber ses deux mains.)* Mais aussi une mère! une mère si tendre! Hier encore, elle était si abattue! elle avait un air si pâle, si malade! Je crois qu'en lui donnant cet argent, elle serait tout d'un coup soulagée. *(Il met son doigt sur sa bouche.)* Paix! écoutons, on vient.

SCÈNE IX.

Mme DE DETMOND, DORNONVILLE
LE PAGE.

—

LE PAGE, *courant au-devant de sa mère...*

Ah! ma mère!

Mme DE DETMOND, *regardant de tous côtés d'un air inquiet, sans faire attention à l'enfant.*

Je ne sais, mon frère, mais je suis inquiète. Que me veut donc le prince?

DORNONVILLE.

Tiens, regarde cet enfant! Eh bien! il veut te le rendre. *(Elle regarde avec effroi son fils, qui ne cesse de la caresser d'un air satisfait.)* Mais aussi il y avait de la folie à l'amener ici. A quoi le prince peut-il l'employer? Les autres pages deviennent grands, se forment, et entrent au service : mais

Une jeune Fille.   7

lui... *(avec un geste de mépris)* il est trop chétif. Il ne sera jamais bon à rien.

Mme DE DETMOND, *avec douleur.*

Mon frère !...

DORNONVILLE.

En un mot, quand tu verras le prince, garde-toi bien de lui parler de cet enfant. Ce serait inutile. Sollicite plutôt sa faveur pour l'enseigne. Il se forme au moins, celui-là : c'est un homme !

Mme DE DETMOND.

Que dis-tu ? pour l'enseigne ?

DORNONVILLE.

Oui, il l'a envoyé chercher.

Mme DE DETMOND.

Tu m'effraies. Aurait-il appris ?

DORNONVILLE, *d'un air froid.*

Cela pourrait bien être : c'est même probable. *(S'appuyant sur sa canne et branlant la tête.)* Que penses-tu qu'il en arrivât, s'il savait que le drôle a voulu décamper, qu'il a pris de l'argent, et que ce n'est que parce que j'ai arrangé les choses... *(Avec emportement.)* Eh bien ! vous verrez que je serai la victime de mon bon cœur, et que l'on m'enverra moi-même aux arrêts. Je voudrais ne m'être jamais embarrassé du soin de tes enfants.

Mais aussi je ne m'en mêlerai plus. *(Il part en grondant.)*

—————

SCÈNE X.

Mme DE DETMOND, LE PAGE.

—

LE PAGE, *voyant son inquiétude.*

Mon oncle est toujours de mauvaise humeur. Mais laissez-le dire, maman, et ne craignez rien.

Mme DE DETMOND.

Tais-toi, mon enfant. Tu ne sais pas.

LE PAGE.

Oh! j'en sais plus que lui. Il s'en faut que le prince soit comme il le dit. Il ne fait de mal à personne. Au contraire, voyez, voyez. *(Il lui montre les douze louis qu'il a dans sa main.)* Tout cela... Eh bien! c'est lui qui me l'a donné.

Mme DE DETMOND, *surprise.*

Est-il possible? Le prince? Je n'y comprends rien. Il faut pourtant qu'il y ait un motif.

LE PAGE.

Certainement. Sa montre s'était arrêtée. Il a chassé hier toute la journée, il avait oublié de la monter, et ce matin... *(Il court*

au cabinet et en ouvre la porte.) Tenez, c'est
là qu'il était couché. Il m'appelle, me dit de
regarder à ma montre, et comme je n'en
avais pas...

Mme DE DETMOND.

Il t a donné cet argent?

LE PAGE.

Oui, il me l'a donné pour en acheter une.
(Il lui montre l'argent de nouveau.) Douze
louis, ma chère maman!

Mme DE DETMOND.

Regarde-moi. Dois-je te croire?

LE PAGE.

Assurément! Mais je ne suis pas pressé
d'avoir une montre. Il s'en trouvera toujours une pour moi. *(Il prend la main de sa
mère.)* Prenez cet argent, maman! mettez-le
dans votre bourse.

Mme DE DETMOND, *émue.*

Comment, mon fils !

LE PAGE.

Je souffre tant de vous voir toujours dans les larmes ! Ah ! ma mère, je voudrais bien avoir de l'argent, et vous ne pleureriez plus. Tout, oui, tout ce que j'aurais, je vous le donnerais de bon cœur.

Mme DE DETMOND, *l'embrassant.*

Je ne donnerais pas le bonheur que je goûte en ce moment pour tout l'or de ton prince. *(Elle l'embrasse une seconde fois.)* Ah ! tu ne sais pas l'impression que fait la tendresse compatissante d'un fils sur le cœur d'une mère infortunée !

LE PAGE *reprend la main de sa mère.*

Vous prendrez cet argent au moins ? Je vous en prie, ma chère maman, ne me refusez pas.

Mme DE DETMOND.

Oui, mon ami, je le prends. Comme on pourrait te tromper, c'est moi qui me charge...

LE PAGE.

De quoi? de m'avoir une montre?

Mme DE DETMOND.

Si tu restes avec le prince, il t'en faut une.

LE PAGE.

Eh! non, non. Le prince a des montres partout, et il m'a dit lui-même que je n'en avais pas besoin.

Mme DE DETMOND.

Cependant, ce qu'il t'a donné, c'était pour en avoir une?

LE PAGE.

N'importe, il me l'a dit.

Mme DE DETMOND.

Tu me trompes, mon enfant; et tu ne devrais pas faire un mensonge, même par amour pour ta mère.

LE PAGE.

Un mensonge ? Vous ne me croyez donc pas ? Eh bien ! je voudrais que le prince fût présent. Je voudrais qu'il vînt. *(Il se retourne.)* Ah ! le voilà lui-même.

SCÈNE XI.

LE PRINCE, Mme DE DETMOND, LE PAGE.

LE PAGE, *courant au-devant de lui.*

N'est-il pas vrai, monseigneur, que vous m'avez d'abord donné douze louis pour avoir une montre ?

LE PRINCE, *souriant.*

Oui, mon ami.

LE PAGE.

Et ne m'avez-vous pas dit ensuite que je n'en avais pas besoin?

LE PRINCE.

C'est encore vrai.

LE PAGE, *se tournant aussitôt vers sa mère.*

Eh bien! maman? eh bien?

Mme DE DETMOND, *embarrassée.*

Votre Altesse voudra bien excuser la simplicité d'un enfant, qui oublie le respect..;

LE PRINCE.

Excuser, madame? Cette simplicité me

ravit ; et je voudrais pouvoir la trouver dans tout le monde. Elle est si naturelle ! Parle, mon ami. Ta mère ne voulait donc pas te croire ?

LE PAGE, *un peu fâché.*

Non, monseigneur. Et ensuite elle ne voulait pas accepter l'argent.

LE PRINCE.

Que dis-tu, accepter ? As-tu fait assez peu de cas de mon présent, pour avoir voulu en disposer ? Je ne le pense pas.

LE PAGE, *embarrassé.*

Monseigneur...

LE PRINCE.

Si je le savais, cela ne m'engagerait pas beaucoup à t'en faire davantage. Eh bien ! avoue-le-moi, est il vrai ?

LE PAGE, *en montrant sa mère.*

Ah ! monseigneur, elle est si pauvre !

LE PRINCE, *lui prenant le menton.*

Bon petit cœur ! Tu as donc sacrifié l'unique objet de tes désirs, pour secourir ta mère ? En vérité, il serait affreux que cela te fît perdre une montre. *(Il tire la sienne.)* Tiens ! quand je ne posséderais que celle-là, pour récompenser ta tendresse, je te le donnerais.

LE PAGE, *la prenant avec joie.*

Ah ! Monseigneur ! Va-t-elle ?

LE PRINCE.

Sois tranquille, elle va bien. *(Le page court à sa mère pour lui faire voir la montre.)*

LE PRINCE.

Viens, mon ami, mets la montre dans ta poche. Et puis tu as si bien employé le peu que je t'ai donné *(il lui donne une bourse);* tiens, prends, voilà cent louis en place des douze premiers.

LE PAGE, *le regardant avec étonnement.*

Quoi, monseigneur ! La bourse et tout ce qu'il y a ?... *(Il veut la rendre.)* En vérité, c'est trop.

LE PRINCE.

Oui, si c'était pour toi. Mais je te les donne pour en disposer. Et qui penses-tu qui en ait besoin ?

LE PAGE *regarde le prince, puis sa mère, et le prince encore.*

Tenez, ma chère maman !

Mme DE DETMOND, *s'approchant du prince.*

Votre Altesse...

LE PRINCE.

Point de remercîments, madame. Vous trouverez que c'est très-peu, et je crains de vous faire beaucoup plus de mal que je ne vous ai fait de bien. Mais *(montrant le page)*,

— 121 —

vous le voyez sans que je vous le dise, cet
enfant est trop faible, trop petit pour être
avec moi. Il est dans un âge où l'on n'est
pas en état de rendre service aux autres.
En un mot, j'espère que vous le reprendrez
sans difficulté. Vous gardez le silence?

Mme DE DETMOND.

Pardonnez, monseigneur...

LE PRINCE.

Et quoi?

Mme DE DETMOND.

Pardonnez, j'ai tort de rougir d'une pauvreté dont je ne suis pas la cause; et je
peux sans honte en faire l'aveu sincère à
mon prince. *(S'approchant de lui et le fixant.)*
Oui, monseigneur, je suis trop pauvre pour
élever mon enfant. Déjà depuis longtemps
je portais sur l'avenir un œil inquiet. Je
vais donc être en proie à la douleur. Ah!
s'il faut que je ramène dans le triste asile de
la misère l'unique objet de toutes mes alar-

mes, cet enfant que vous voulez me rendre, cet enfant trop jeune encore... *(elle veut retenir ses larmes)* pour... sentir la perte qu'il a faite dans son père... Ah! pardonnez à la faiblesse d'une mère!

LE PAGE, *prenant la main du prince, et d'un ton pénétré.*

Elle pleure, monseigneur!

LE PRINCE.

Eh bien! quand tu vivrais auprès de ta mère?

LE PAGE, *d'un air suppliant.*

Vous n'allez pas me renvoyer?

Non. Tu ne le crois donc pas? Cette confiance, mon petit ami, me fait plaisir. Madame, il peut rester. *(Voulant l'éprouver.)* Ce serait cependant bien dommage si ses mœurs, son innocence... Mais non, il n'y a encore rien à craindre.

Mme DE DETMOND, *le regardant attentivement.*

Son innocence, monseigneur?

LE PRINCE, *continuant sur le même ton.*

Ce n'est rien, madame. Vous vous imagineriez peut-être que je cherche à retirer ma parole. Soyez tranquille.

Mme DE DETMOND, *avec amitié.*

Mais cependant, sans manquer au respect que je vous dois, oserais-je vous prier de vous expliquer, monseigneur?

LE PRINCE.

Madame, ce que je voulais dire, c'est que depuis longtemps je suis très-mécontent de mes pages. Leur société et leur exemple pourraient bien... Mais après tout ce n'est qu'un peut-être et on peut tenter...

Mme DE DETMOND, *prenant vivement la main de son fils.*

Non, monseigneur.

LE PRINCE, *feignant de se trouver offensé.*

Non ? Comme vous voudrez, madame.

Mme DE DETMOND.

L'innocence de mon fils m'est trop précieuse. Je frémis des dangers où j'allais l'exposer.

LE PRINCE.

Mais considérez...

Mme DE DETMOND.

Je ne considère rien. Je vois mon enfant dans le feu : pourvu que je le sauve, que m'importe qu'il soit nu ?

LE PRINCE.

Mais sans biens, sans éducation, que deviendra-t-il, madame ?

Mme DE DETMOND.

Ce qu'il plaira au ciel. Je me soumets à sa volonté. S'il ne peut pas soutenir sa naissance, qu'il aille cultiver les champs, qu'il meure; mais innocent, dans le sein de l'indigence.

LE PAGE, *reprenant son ton naturel.*

C'est penser noblement. Oui, madame, je le vois, vous méritez tout ce que je suis en état de faire pour vous. *(S'approchant d'elle avec intérêt.)* En quoi puis-je vous être utile ? Quels secours puis-je vous donner? Parlez, c'est un ami que vous voyez devant vous.

Mme DE DETMOND, *avec émotion.*

Monseigneur.

LE PRINCE.

Dites-moi avant tout quelle est votre situation. Où en êtes-vous pour votre terre?

Mme DE DETMOND.

Il m'est absolument impossible de la sauver.

LE PRINCE.

Vos dettes sont donc bien considérables? Vous avez, m'a-t-on dit, des procès. Ne vous donnent-ils aucune espérance?

Mme DE DETMOND.

Aucune, monseigneur.

LE PRINCE.

La justice vous sera rendue sans que vous fassiez de sacrifices, je vous en donne ma parole. Acceptez de plus une pension de cent louis. Je souhaite qu'elle puisse vous mettre au-dessus de tous les besoins.

Mme DE DETMOND, *se jetant à ses pieds.*

Tant de bonté, monseigneur! comment pourrai-je...

LE PRINCE.

Que faites-vous, madame? Je m'acquitte de ce que je dois à la mémoire d'un homme dont vous êtes la veuve. Je fais pour vous ce que je ferais pour tous ceux dont les vertus toucheraient mon cœur. Dites-moi : hésiteriez-vous encore à reprendre votre enfant ?

Mme DE DETMOND.

Monseigneur, pourrais-je oublier ?...

LE PRINCE.

Et toi, mon ami, retournerais-tu volontiers avec ta mère ?

LE PAGE, *la montre à la main.*

Avec ma mère ? Oui, monseigneur.

LE PRINCE.

Mais cependant, je sais que tu m'aimes. Tu voudrais bien aussi rester avec moi ?

LE PAGE.

Très-volontiers, monseigneur.

LE PRINCE.

Eh bien! si cela est ainsi, en te rendant à ta mère, je te renverrais : et tu m'as prié si instamment de te garder près de moi ! Il faut donc que je prenne d'autres mesures pour concilier les choses. Restez ici, madame; je suis à vous dans le moment. (*Il sort.*)

SCÈNE XII.

Mme DE DETMOND, LE PAGE.

—

Mme DE DETMOND, *se jetant dans un fauteuil.*

O jour heureux, ô bonheur inattendu !

LE PAGE.

Eh bien! maman ? Eh bien ? Êtes-vous contente ?

Mme DE DETMOND, *le tirant à elle avec tendresse.*

O mon fils, mon cher fils.

LE PAGE.

Mais vous ne vous réjouissez pas. Il faut être plus gaie, ma chère maman !

Mme DE DETMOND.

Mon bonheur me reproche le chagrin mortel que je ressentis quand tu vins au monde. C'était un moment après que l'on m'eut annoncé la perte de ton père, je jetais sur toi un regard de compassion. *(Elle le prend dans ses bras et l'embrasse.)* Et c'était toi qui devais soulager ta malheureuse mère ! Dieu ! que puis-je désirer à présent ? Rien, rien que d'être rassurée sur le sort de ton frère ; et mon bonheur sera parfait.

LE PAGE.

De mon frère ? Comment cela, ma chère maman ?

Mme DE DETMOND.

Si le prince savait ce qu'il a fait...

LE PAGE.

Quand il le saurait, il n'en serait rien. Vous avez vu comme il est bon et généreux.

Mme DE DETMOND.

Pour nous, mon fils, qui ne sommes coupables d'aucun crime.

LE PAGE.

D'ailleurs il m'a promis qu'il garderait le secret, que le colonel n'en saurait rien.

Mme DE DETMOND, *effrayée.*

Quoi! il te l'a promis?

LE PAGE.

Assurément. Ainsi il ne faut pas vous alarmer.

Mme DE DETMOND.

Je suis consternée. Tu as donc dit?...

LE PAGE.

Ah! presque rien. Ce que je savais! Et puis il m'a interrogé sur la conduite de mon frère, et je ne pouvais pas mentir. Vous me l'avez défendu vous-même.

Mme DE DETMOND.

Mais, mon ami, mon cher fils...

LE PAGE.

Comment! vous êtes inquiète.

Mme DE DETMOND.

Si je suis inquiète! Dieu! si le prince en demande davantage! S'il apprend!... Tu peux perdre ta mère, ton frère. Tu peux nous plonger tous dans un abîme de malheurs.

LE PAGE, *prêt à pleurer.*

Dans un abîme de malheurs?...

Mme DE DETMOND.

On vient... *(Elle l'embrasse et l'encourage.)*
Ne dis rien. Sèche tes larmes; elles ne ser-
viraient qu'à rendre peut-être le mal plus
grave. Sois tranquille.

SCÈNE XIII.

Mme DE DETMOND, LE PAGE, LE PRINCE; derrière lui, DORNONVILLE et L'ENSEIGNE.

LE PRINCE.

Entrez, messieurs, suivez-moi. *(A l'en-*
seigne.) C'est donc vous qui êtes Detmond,
le fils de ce brave major?

L'ENSEIGNE, *s'inclinant profondément.*

Oui, monseigneur.

LE PRINCE.

C'est une bonne recommandation auprès

de moi. Vous aviez un père rempli d'honneur, un brave guerrier. Sans doute que son exemple excite votre émulation, et que vous cherchez à vous rendre digne de lui?

L'ENSEIGNE.

Monseigneur, je ne fais que mon devoir.

LE PRINCE.

C'est tout faire. Le plus brave homme n'en fait pas davantage. Tenez, monsieur, voilà votre mère : ses vertus, et les espérances que donne cet aimable enfant, m'ont fait concevoir de la famille l'idée la plus avantageuse. C'est pour cela que j'ai voulu vous voir tous rassemblés ici.

L'ENSEIGNE, *s'inclinant toujours.*

Monseigneur, vous me faites beaucoup de grâce.

LE PRINCE.

Je ne fais sans doute pas plus que vous ne méritez.

L'ENSEIGNE.

Votre Altesse juge bien favorablement.

LE PRINCE.

En effet, monsieur, il ne me manque que la conviction dans le jugement que je suis tenté de porter de vous, pour faire votre fortune. Cependant cet air libre et assuré qui vous sied si bien...

L'ENSEIGNE.

Ah! monseigneur...

LE PRINCE.

Annonce (souffrez que je le dise) une âme noble ou très-corrompue. On ne saurait soupçonner un fils né de tels parents. Non sans doute. Ainsi, monsieur, que pourrait-on faire pour vous? Un grade de plus ne vous avancerait pas beaucoup. Qu'en pensez-vous?

L'ENSEIGNE, *se frottant les mains.*

Non assurément, monseigneur.

LE PRINCE.

Mais si nous sautions ce grade? Le rang de capitaine, une compagnie : c'est là le premier but de tous ces messieurs. Mais auparavant... *(Il se tourne rapidement vers le capitaine.)* Monsieur, que pensez-vous de votre neveu?

DORNONVILLE, *un peu embarrassé.*

Moi, monseigneur? Ce que j'en pense?

LE PRINCE.

On dirait... beaucoup de mal.

DORNONVILLE.

Non, monseigneur, plutôt du bien. Je crois qu'il a du cœur, qu'il sera brave.

LE PRINCE, *regardant l'enseigne avec un air de satisfaction.*

Oui? Cela est-il vrai?

DORNONVILLE.

D'ailleurs il est d'une taille avantageuse.

LE PRINCE.

C'est un bel homme, j'en conviens. Mais
sa conduite, ses mœurs! Je rougis de vous
questionner sur de pareilles bagatelles. Enfin, quel est son caractère?

DORNONVILLE, *souriant.*

Ah! un peu trop de gaieté, de pétulance
quelquefois. Au reste, monseigneur, cela
ne messied pas à un soldat.

LE PRINCE.

Il ne me manque plus que votre témoignage, madame. Que me diriez-vous de votre fils?

Mme DE DETMOND.

Que pourrais-je en dire?

LE PRINCE.

Ce que vous en pensez, la vérité.

Mme DE DETMOND.

Et le puis-je, monseigneur? Si j'avais à

le louer, voudriez-vous que je le fisse en sa présence? ou si j'avais à le blâmer, serait-ce devant celui qui tient son sort entre ses mains ?

LE PRINCE, *souriant.*

Fort bien, madame. Je ne puis m'empêcher de vous admirer. *(Reprenant un ton sérieux.)* Monsieur, chacun a ses principes. J'ai les miens. Quand je veux avancer un officier, je commence par l'envoyer aux arrêts. Que vous en semble?

L'ENSEIGNE, *effrayé.*

Monseigneur.

LE PRINCE.

Remettez votre épée au capitaine. Un air plus modeste aurait tout excusé. Mais ce ton assuré, cette hardiesse!..... Avec une conscience comme la vôtre, qu'attendre d'un homme aussi effronté? qui devrait sentir qu'il a mérité ma disgrâce; qui sait avec quelle indignité il en agi avec la meilleure

es mères; et qui cependant... Monsieur,
'il soit aux arrêts pour un mois. Je ne
eux point d'éclaircissements sur ce qui s'est
passé. C'est à votre considération, madame,
et à cause de la manière dont je m'en suis
instruit ; et surtout parce que les circons-
tances me font présumer que sa faute est
très-grave... *(D'un ton ferme et sévère.)* Monsieur le capitaine, si dans la suite il se pas-
sait quelque chose, je veux être informé
sur-le-champ ; vous m'entendez, sur-le-
champ.

LE PRINCE.

J'ai dessein d'avancer ce jeune homme :
et ni vous *(au capitaine)*, ni *(d'un ton plus
doux)* vous, madame, ne dérangerez mon
plan... *(S'adressant particulièrement à elle.)*
Ne lui donnez jamais rien, jamais, ne fût-ce
qu'une bagatelle, à titre de présent. Ses
appointements peuvent lui suffire. Qu'il ap-
prenne à borner sa dépense. *(Il lui fait si-
gne avec la main.)* Allez, monsieur, rendez-
vous aux arrêts. *(Les deux officiers sortent.)*

SCÈNE XIV.

LE PRINCE, Mme DE DETMOND, LE PAGE.

LE PRINCE, *la regardant.*

Eh bien, madame, vous êtes triste?

Mme DE DETMOND, *respectueusement.*

Monseigneur, je suis mère.

LE PRINCE.

Soyez sans inquiétude. Ce jeune homme deviendra raisonnable; et je mesurerai mes bontés sur son changement. *(Se tournant vers le page.)* Quant à cet enfant, savez-vous quelles sont mes vues?

Mme DE DETMOND.

Non, monseigneur. Quelles qu'elles soient, elles ne tendront qu'à assurer son bonheur. O mon prince! je n'ai jamais laissé passer un jour sans payer à vos vertus le tribut de

mon hommage ; mais je sens bien aujour-
d'hui combien il était peu digne de vous.

LE PRINCE.

Que voulez-vous dire, madame? vous ne
me connaissez point. Mon but est de donner
un brave homme à l'État, à moi-même un
serviteur fidèle, et d'élever pour mon fils un
ami qui soit disposé à sacrifier sa vie pour
lui, comme son père l'a fait pour moi.

SCÈNE XV.

LE PRINCE, Mme DE DETMOND, LE PAGE,
UN VALET DE CHAMBRE.

LE VALET DE CHAMBRE.

Monseigneur ! le directeur.

LE PRINCE.

Qu'il entre ! J'espère, madame, qu'il vous
suffira que vous soyez instruite de mes in-
tentions pour les approuver.

SCÈNE XVI.

LE PRINCE, Mme DE DETMOND, LE PAGE, LE DIRECTEUR.

—

LE DIRECTEUR, *s'inclinant.*

Je me rends à vos ordres, monseigneur.

LE PRINCE.

Bonjour, monsieur. De combien est la pension des enfants de la première qualité?

LE DIRECTEUR.

De douze cents livres, monseigneur.

LE PRINCE.

Bon. J'ai ici un enfant que je veux vous envoyer. Je prétends, en lui servant de père, faire autant pour lui que les meilleurs gentilshommes pour leurs fils. *(Au page en le prenant par la main.)* Viens, mon ami : tu vois bien monsieur; il est bon et doux. Voudrais-tu vivre avec lui?

LE PAGE, *après avoir regardé le directeur.*

Oui, monseigneur.

LE PRINCE.

Mais aussi, apprends comment il faut regarder monsieur : comme ton maître, comme ton bienfaiteur. Et si jamais il avait à se plaindre de toi...

LE PAGE, *au directeur en lui baisant respectueusement la main.*

Non, monsieur, non, jamais vous n'aurez à vous plaindre de moi.

LE PRINCE.

Comment trouvez-vous cet enfant ?

LE DIRECTEUR.

Il suffit, monseigneur, que je le reçoive de vos mains, pour qu'il me soit déjà cher comme mon propre fils.

LE PRINCE.

Il peut donc aller avec vous. Y consentez-vous, madame ?

Mme DE DETMOND.

Dieu, si j'y consens.

LE PRINCE.

Va donc, ne t'écarte jamais du chemin
de l'honneur et de la vertu. Pour ce qui
est du reste, sois sans inquiétude, tu ne
manqueras jamais de rien... *(Le regardant.)*
Mais pourquoi cet air triste ?

LE PAGE, *prenant la main du prince.*

Vivez heureux, monseigneur.

LE PRINCE, *ému.*

Et toi aussi, mon petit ami. Comme son
cœur est déjà reconnaissant ! Je vous laisse,
monsieur. Et vous, madame, suivez-le, et
voyez où va votre enfant.

Mme DE DETMOND, *se jetant à ses genoux.*

Monseigneur, puis-je me retirer sans que
mon cœur...

LE PRINCE, *la relevant.*

Que faites-vous, madame ! Je ne puis
souffrir que l'on se mette à mes genoux.

Mme DE DETMOND.

Eh bien ! je vous obéis ; et je me retire...
(Levant les mains au ciel.) C'est devant Dieu
que je me prosternerai, pour le prier de
conserver à jamais un prince aussi généreux.

LE PRINCE, *l'accompagnant quelque pas
avec bonté.*

Adieu, madame, soyez heureuse.

LE PRINCE, *seul, regardant de tous côtés.*

La belle matinée ! A quelle partie de plaisir l'emploierais-je ? Du plaisir ! Ne viens-je
pas de goûter le plus grand ? Je vais travailler, oui, travailler. J'y suis disposé à
merveille, car je suis content de moi.

FIN.

Paris. — Imp. A. Rigaud, Grande-Rue, 31, à Montrouge.